这是申赋渔的第四本书

申赋渔，中国作家，现居巴黎。1996年毕业于南京大学中文系，后从事记者工作二十年。2016年赴法国巴黎专事写作。著有“个人史三部曲”《匠人》《半夏河》《一个一个人》；“中国人的历史”《诸神的踪迹》《君子的春秋》《战国的星空》；非虚构文学《寂静的巴黎》《阿尔萨斯的一年》《不哭》《逝者如渡渡》《光阴》；剧本《愿力》《南有乔木》《舞马》等，作品先后被法国阿尔班·米歇尔（Albin Michel）、美国群星（Astra Publishing House）、日本アストラハウス、韩国청림출판等出版社翻译出版。

序

一颗颗星，就是一个一个人

申赋渔

我一直相信，我是天上的某一颗星。这跟我奶奶有关。奶奶在我10岁的时候去世了。

小时候，奶奶经常牵着我去给“看青”的爷爷送饭。所谓“看青”，就是在旷野里，用高粱秆和稻草搭一个“人”字形的小棚子，住在里面，守着地里的农作物，不要被人或者小兽偷盗。我们陪爷爷说几句话，等他吃好了，爷爷拎着马灯去地里巡视，奶奶收拾好碗筷，牵着我，穿过乡间的夜色回家。偶尔会看到流星，奶奶就会站住脚，念一句“阿弥陀佛”。她说：又一个人走了。所以我从小就知道，天上的一颗星，就是地上一个人。

1988年，我18岁，没考上大学。正是收麦子的时候，我一声不吭地在地里干活。父亲知道了我的分数之后，就没再看我一眼。我没脸跟别人说话，而左邻右舍呢，也不搭理我。在乡间，高中生是一种很尴尬的人。农民已经不把我们当成他们一体的了，我们是读书人。没考上大学，我们又只能当农民，可是又当不好农民。乡亲们说我们成了“半吊子”。高不成，低不就，废了。割麦子到后半夜，整个田地里只剩下我一个人。腰像要断了，我丢下镰刀，躺在麦把上，对着夜空长长地叹一口气。满天都是星星，对着我闪闪烁烁。我忽然就想起奶奶的话。我想：我是哪一颗星呢？如果这会儿掉下来就好了。掉下来了，我就可以去见奶奶了。奶奶从来不会对我失望，她一定还是一脸的笑，慈爱地把我搂在怀里。

在家里待的时间并不长，也没法待下去，我去了城里打工。做过木工、油漆工，后来在江南大学的江南书屋终于找到一份我喜欢的工作，当图书管理员。1992 年夏天，江南书屋又倒闭了。

江南书屋在江南大学一幢教学楼的一楼，本来是一间教室。前面一半做了书屋，中间用高高的书柜一隔，里面一半是堆书的书库。我在书库的角落里清出一块地，放了一块木板，做我的床。

江南书屋倒闭了，我既没有了工作，也没了住处。白天出去找工作，晚上像一条认家的狗，又回到这个已经没有了江南书屋的教学楼。我爬到四楼露天的屋顶上，铺上席子，盖个毛巾被，望着星空发呆。月光很好，星星就显得有些稀落。我一颗一颗地看着。很亮很大的，我摇摇头，肯定不是我。闪烁不定、活泼快活的，也不是我。我朝远处看，找最偏的、最小的、最暗的。我就想，如果人真的是一颗星星就好了，就可以一直挂在天上，既不用吃饭，也不用找住处，更不会看到白眼。想到有人会对着天上的星星翻白眼，我忍不住笑了。

离开无锡，我去了广东。几经辗转，在佛山南海黄岐镇的一家家具厂做搬运工。已经是秋天了，这里还是热，而且蚊子特别大，可以隔着裤子叮人。我的工作很简单，就是把车间里的双人沙发、床头柜等等，一件件扛到三楼的仓库，或者把仓库里的家具扛到卡车上，每天如此。有天下午3点多，我抱着一只床头柜上到二楼，或许是有汗，或许是太累了，手一滑，柜子落下去。我赶忙伸出脚，让柜子砸在脚背上，幸亏这样，柜子只擦掉指甲大的一块漆。黑而瘦的女监工立即跑过来，一边骂我，一边拿个小本子记录，扣我的工钱。她让我把柜子重又送回车间。我一瘸一拐地在前面走，她跟在后面不停地骂，却骂不出什么新意，无非是蠢猪、狗屎、贱人。我明明是个男人，她却骂我是贱人。

晚上躺在席子上，脚肿肿的，很疼，怎么也睡不着。我们睡觉的地方，是一个长长的仓库。“人”字形的屋顶，水泥地。地上一个挨一个铺着席子，几十个人，一溜排躺着。正对着我的屋顶上，有一个方方的、小小的天窗。我睡不着，就一直盯着天窗看。忽然看到一颗很亮很大的星星。星星一动不动，对着我，像要抛给我什么。我心里一动，并立即变得欢喜起来。或许，这就是属于我的那一颗星星了。

第二天一早，我离开了这个小镇。

我又流浪了许多年。一路上，我碰到了一个一个人。我常常想，他们也是一颗一颗的星星，或明或暗、或近或远、或大或小，他们高高悬挂在天幕，构成一个星空——我们时代的天空。而那些星星，也照耀着我灰暗而平凡的人生。

目录

1979

1979年，我上小学三年级。因为顽皮，经常挨父亲的打。但我的确是很自尊的孩子。那时候，村里难得飘肉香。只有家里来客人了，才会去称几两肉。我和弟弟，每当看到人家来客人，就立即走开。怕人家以为我们要赖在那里，等一块肉吃。

一个一个找肉的人

刚上小学的那段时间，村子里的孩子们特别痴迷收集火花。农村里火柴叫洋火，品种比较单一，所以收集比较困难。有一次，我家西边的大网叔，不知从哪里买了一打罕见的火柴。图案是一个古代美女，印在薄薄的纸上，贴在火柴盒上。因为难得，大家都虎视眈眈地守着，等火柴用光，盒子空了，立即抢走。

那天放学回来，我扔下书包，拔腿就朝大网叔家跑。进他家门的时候，一头撞在大网婶的怀里。大网婶斥责我：“莽张飞。”边说边走出门去。我顾不得理她，一头钻进厨房，在她家的灶台上下到处摸索。摸了半天，只有一只刚用了半盒的火柴，不好拿，满心失望，空手而归。

晚上，我盛了一碗大麦稀饭，因为嫌烫，正低着头吹气，忽然大网婶哭哭啼啼闯了进来。

“大鱼儿，可曾望见我放在釜冠（锅盖）上的肉？”

我茫然无措地摇摇头。

大网婶哭起来：“讨债鬼今朝生日，我让大网去称了点儿肉。

讨债鬼，今年一年还不曾尝过肉星子。哪晓得，肉放在釜冠上，我到园田里去摘了两根菜，家来，肉就没得了。我出门的时候，撞到大鱼儿往锅上跑，就来问问。”

“我没看到。我找洋火盒子的，没找到……”话没说完，父亲劈头就是一巴掌，头撞在碗上，一碗稀饭泼翻在桌上。

“我没看到肉。”我哭喊着，眼泪掉下来。父亲扬手又要打我，被奶奶拦住。

“你什么时候看到我家伢儿拿人家一个针线的？你不要见到风就是雨。”奶奶一把抱我过去，护在怀里。

父亲从抽屉里拿了手电筒，对大网婶说：“不要急，你不要在这里哭，我跟你找去。找不到，我称肉还你。”

奶奶听父亲要称肉还她家，急得匆忙牵上我，跟在后面，一起去大网叔家。

大网叔蹲在门槛外面的屋檐下，抱着手臂，一声不吭，看我们过来，也不站起身来。显然已经找了一阵子，找不到，在生闷气。大网叔6岁的孩子，手里端着个土霉素瓶子做的煤油灯，抽抽泣泣，还在床前桌脚地找着。

父亲先在锅台上找，连放灶王爷像的木牌后面都找了。接着又打开碗橱找，在地上找。奶奶用一根木棍，反复地捅着他家的炉灶。大网婶淌着眼泪跟在后面，既不帮忙，也不说话。小孩牵着她的衣角，亦步亦趋地跟着。

厨房里找完，父亲又到堂屋找，堂屋找了，又在卧房找。他是知道的，我不会偷肉。可是，如果找不到肉，那就是我偷的。父亲的眼里直冒火，他一看我，我就躲到奶奶的后面。

大网叔还在门口蹲着。他是个老实人。平时看到我，从来都是笑眯眯的。在家，也一直是被大网婶吆来喝去。整天只知道干活，很少说话。

该找的地方都找了，父亲、奶奶、大网婶，呆呆地站在堂屋的中央。我的心里惊恐万状。看我们不找了，大网叔的儿子，去拉他，说："爸爸，我要吃肉，我要吃肉。"大网叔反手一巴掌，打在他屁股上。他大哭起来。大网婶冲过去，一把把他推坐到地上，哭着说："你还有脸打伢儿。"

大网叔站起身来，重重地给了大网婶一巴掌。这是我们第一次看到大网叔打大网婶。大网婶呆住，不哭了，也不闹，就呆呆地站着。大网叔走到我父亲身边，对父亲说："哥，你回去，没你们的事。大鱼儿是不会拿我们家的肉的。这个孩子我知道。不要难为孩子。只怕是被猫狗拖走了。"

父亲无言以对，什么也没说，扯着我的手往家走，我不肯跟他走。我知道，他拖我回家，是要打我。我死命地拉着奶奶的衣服。奶奶用双臂护着我，骂着父亲。让他走，让他不要回家。

父亲走了，奶奶牵着我，慢慢往家走。回家要从大网叔家左前面的养猪棚经过。里面的猪发出一阵阵哄闹声。一家人忙着找肉，连猪都忘了喂了。

已经走过棚子门口了，奶奶突然回过头，朝里面走去。大网婶立即跟了过来。奶奶端了挂在猪栏上的煤油灯，低下身子，朝猪食槽望去。两头猪用嘴在拱着什么。

奶奶把猪赶开，用手从猪食槽里拎出一块东西，凑近灯一看，是肉。

大网婶一把抢过去，脸上还满是泪呢，立即就笑了。顾不得粘在肉上的糠和猪食，拎了就往厨房里跑。奶奶说，恐怕是被猫叼到猪圈里了。还好，肉好好的，一点没被吃掉。

回家之后，我没有吃饭，洗洗就上床睡了。睡梦中，忽然被奶奶摇醒。奶奶端了一碗米饭，米饭的最上面，摆放着两块大大的肉。

我们这里有个风俗，如果哪家有客人来，或是为什么事，烧肉了，一定会给左邻右舍送一碗饭，饭上放一块肉，浇些肉汤。

今天，大网叔家，是特意多给了一块肉。我知道，那是给我的。我跟奶奶说：“奶奶，我不吃。我要睡。”

我翻过身，用被子蒙着头。奶奶走了。我在被子里，默默流着泪。

想吃这块肉才怪呢

1981

1981年，我上小学五年级。父亲撕光了我所有的小人书。多少年之后，一群中年人聚在一起，说起童年，总是要提到小人书。那也算是一代人的集体记忆。对于我个人，那记忆的色彩却不一样。

一个撕光小人书的人

从家到镇上有 10 里多路，有时候，爷爷会带我们去赶集。弟弟 5 岁，我 8 岁，我们边玩边走。到了镇上了，爷爷给我们每人 5 分钱，让我们去买烧饼。每次，我都费尽心机地说服弟弟，让他把钱给我去买小人书。一本小人书要 7 分到 1 角钱。

爷爷是木匠，手艺是方圆几十里最好的，只是年纪大了，已经 70 多岁，不过偶尔也有老主顾请他，打两把凳子、修补一下桌椅犁耙什么的。所以过年的时候，他还会有点钱，给我和弟弟压岁。大年三十，每人给 1 元。这可以买 10 本小人书。这么个大数目，弟弟是不会给我的，他给妈妈，攒起来，给他买一只书包，等他上学时用。爸爸妈妈也给压岁钱，可是过完年就会收回去。

只有爷爷给的，才是真正的压岁钱。

对小人书的狂热，使我最喜欢夏天。先是可以采桑叶送给伯父，他养蚕。等到蚕“上山”了，卖了茧，他会给我几角钱。还可以摘桑葚，摘满一篓了，放在河水里洗，洗出桑籽，桑籽也可以卖钱。

平日里挣钱就不容易了，捡牙膏皮几乎是唯一的办法。我把捡来的牙膏皮卖给修锅匠。修锅匠不仅用烧熔了的铁水补锅，还能把牙膏皮熔化了，补脸盆、补碗、补搪瓷缸。因为常常跟在修锅匠后面乱转，村里人竟给我起了“修锅匠”的绰号。

我把挣得的每一分钱都买了小人书，到小学五年级的时候，我已经收集了 100 多本。

父亲很讨厌我看小人书，说这是不务正业，影响学习。所以我是偷偷地买、偷偷地看。所有的小人书，我用一块布包着，藏在一缸大麦的深处。装大麦的缸比我的个头还高。只有在确信无人的时候，我才会取出来，摊开，一本一本贪婪快活地翻着看。大多数时候，上学时，或者放学回来，我站到凳子上，飞快地把手伸到麦子深处，摸到包裹了，随便从里面抽一本，飞一般跑掉，躲到一边再慢慢地反复地看。每一本我都喜欢。

小学即将毕业，同班的同学借了我一本小人书，我已经向他要了好几回，他不肯还。终于在一天放学之后，我们打了起来。

我们在一块成熟了的麦地里扭打成一团，麦子一圈圈倒下，无数的麦粒被踩踏进泥土。远处同学的父亲闻讯赶来的时候，同学正被我死死地压在身下。他把我拎起来，给我两个耳光。我疯一样朝他扑过去。他一只手揪住我，一只手去解我的皮带，想脱下我的裤子，羞辱我。我两只手死死地抓着皮带。挣扎当中，他的手被我劣质皮带的铁皮龙头划破了，鲜血直流。

他一脚把我踢倒，捂着手，领着儿子朝我家走去。我绝望地坐在地上。我知道，我完了。从来，只要有人到我家去告状，父亲不管青红皂白，总是狠狠地揍我，表明他不是一个“护短”的人。

天黑了。我刚进家门，就被父亲一把揪住头发，在门上乱撞。我一声不吭，倔强地站着，既不讨饶，也不逃跑，只是因为疼痛和委屈，无法忍住眼泪。

父亲突然放开我，跑进房间，几乎一秒钟就拎了装着小人书的包裹冲出来。他扯开包裹。我的心停止了跳动。

他把所有的小人书倒在地上，拿起一本，撕掉，再拿起一本，撕掉。嘴里朝我吼道：“我让你不学习！让你看！让你打架！”

他撕掉第一本小人书时，我心底像有一根弦，突然就断了，大脑一片空白。接着，像被凉水浇过，浑身冰冷。我听不见父亲在喊什么。我抬起衣袖擦了擦眼泪，迷蒙的一切变得清晰了。100 多本小人书，变成了一地碎纸。

整整一个月，我不跟任何人说一句话。起床、吃饭、上学、放学、吃饭、睡觉。

那天放学回来，爷爷背对着我，坐在夕阳底下门槛外的小板凳上。在他的左脚边，是一堆已经撕碎了的小人书的碎片，右边是一盆糨糊。他的膝盖上放着一块木板，他把撕碎了的小人书的碎片在木板上拼好，然后用粘着糨糊的小纸条贴上。一页一页贴好之后，按页码排好，再用针线缝上。他已经做好了一本，他还在做着。我呆呆地站在他的身后。爷爷弓着腰、低着头，拼着、贴着，用粗糙的手指细细地抹平，不肯留下一个皱褶。

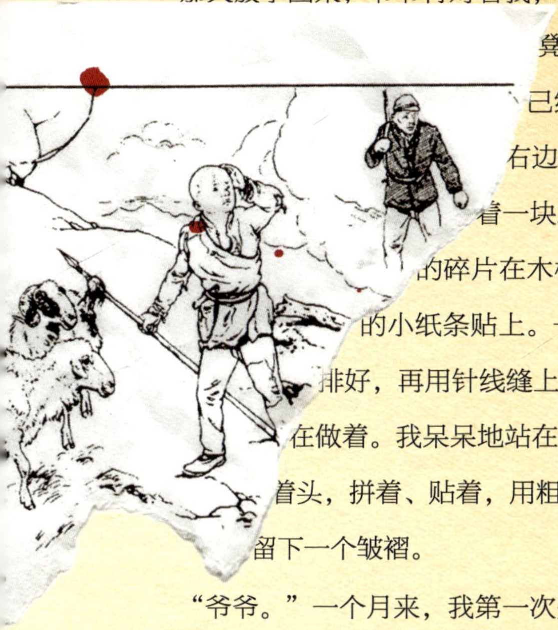

“爷爷。”一个月来，我第一次开口说话。爷爷抬起头，一脸慈爱的笑：“放学啦！”

我没有拿爷爷做好的小人书。我再也不看小人书了，小人书永远离我而去。

1982

1982 年，我小学毕业。村子里刚放了一场露天电影，片名叫《莫让年华付水流》。用现在的话说，是部励志大片。我们看了都很激动，有相当长的一段时间，走路时嘴里都在哼哼：“莫叹息，莫停留，要思考，要奋斗。为了现代化中国的崛起，朋友啊，莫让年华付水流。”“理想”这个词，也光顾了一个贫困的乡村，照亮了一群孩子的混沌的心。

一个找寻逃跑老婆的人

碗小是我幼时的伙伴。他的上面有两个姐姐，父亲一心想要一个儿子。于是，按照老家的风俗，请一个儿女满堂的所谓有福之人，到姓刘的一户人家，去偷一只碗，送到他家。刘家要装作不知道。碗偷回来，供在他家堂屋中间的菩萨面前。一年之后，儿子出生，名字就叫“碗”。因为他是家中最小的孩子，大家又喊他“碗小”。

碗小是西村人，不知为什么，却到我们村来上小学，跟我同桌。小学毕业的这年暑假，碗小来跟我告别，说要去另一所中学读书。他父亲是篾匠，他用父亲做活剩下的竹片，编了个小笼子送我，说可以装蛐蛐儿。

送他回家的路要经过一片广阔的蓖麻地，我们走在里面，几乎晒不到太阳。

“碗小，你长大了要做什么？”我问他。

“不知道，你呢？”

“我想当作家。”

碗小笑了：“上次老师也读了我的作文。我不想当作家。我要戴手表。”

他把手举到我面前，指着手腕上一个黑痣说：“你知道这是什么痣吗？这叫手表痣。我长大了肯定是要戴手表的。”

那时的乡下，戴手表是一种身份的象征。

30 年来，我再没有见过碗小。听父亲说，他学了篾匠，手艺很不错。我在广州打工的时候，父亲曾请他来家里做了三条竹席、两张竹匾。席子到现在还在用。碗小问我的情况，父亲不好意思说我在家具厂里做搬运工，只说我在广州工作。

今年春节前，我回老家过年，骑车去镇上的浴室洗澡。照乡下的说法，过年前沐浴，把自己洗干净了，来年就会有新气象。

因为去得早，浴室里只有一个顾客，赤条条地趴在一张长条凳上，一个只穿着短裤的师傅在给他麻利地擦背。

这个擦背师傅便是碗小。我们没想到会在这里相遇。他使劲地拍我的肩膀。看到他从一个 12 岁的少年，忽然变成 40 多岁的满脸皱纹的中年人，我是既吃惊又惶惑。

我们就半躺在浴池里说话。碗小说他已在澡堂擦背多年，家里盖了楼房，儿子已经8岁。

“你不要小看擦背，能弄不少钱。”他快活地说。

他没有跟我谈我们30年前分手时说的那番话，或许是忘了，或许是不想提起。问我在做什么，我说，当记者。他说，当记者好。可以给人曝光。说着又摇头，关切地对我说，听说曝光有危险，你还是不曝的好。不过呢，不曝又不行，这是你的饭碗。他挠挠头：你这个事，也不大好做，是不是？我笑着连连点头。

碗小对自己的生活相当满意，再三邀请我去他家：“我们是老同学了，你看，这一晃，30年了吧。到我家吃顿饭，见见你嫂子侄儿。”我说：“下次吧，下次吧。”他有点不高兴：“下次回来，一定要来坐坐。”我说：“一定一定。”

回到南京后，30年前碗小把手举到我面前的样子，总在眼前，让我伤感。国庆回老家，从他家附近经过，我下意识地拐了个弯，去看他。

远远就看到他家那幢很漂亮的两层小楼，走到门口，一个小男孩趴在一张小方桌上做作业。

“碗小在不在？”我问他。

小男孩朝屋里喊：“奶奶，有人来找爸爸。”一位老人围着围裙从厨房里跑出来，看到是个陌生人，很狐疑。费了半天口舌，她才弄明白我是谁。

“啊呀，也不怕大哥你笑话。这个杀头的碗小！发神经，菜花黄的时候，带头请戏班子来村里唱戏。唱戏的都是什么人，你是晓得的。这下好，老婆跟人跑了。他作死，还跟在后面去找。这样的人，找回来做什么？大半年了，不用说人影子，信也没得一个。也不知道他现在是死是活。留下这个讨债鬼孙子，让我一个老太婆带。造孽啊！”说着抹起了眼泪。

我站了一会儿，走了。

回南京已经好多天了，我还在惦记碗小。一想到碗小，我就又想起12岁的我们，走在家乡蓖麻地里的情形。

1985

1985年,我初中毕业。一本路遥的《人生》被同学们看卷了边。对于高加林是选刘巧珍还是黄亚萍，意见不一，争论不休。当时的我，暗笑同学的幼稚。只要能离开这块沉闷贫瘠的土地，有什么不可以舍弃的?

一个爱上鞋匠的人

我学鞋匠只有两个月。

初中毕业，父亲说我肯定考不上高中，不如赶紧去学个手艺。我觉得他讲得很对。

中考前一个月，我还在课堂上抄一本借来的《唐宋词选》。老师把父亲喊到学校。这一次父亲没有打我，也没有骂我。我跟他从老师办公室出来后，他连一句话也没有跟我说，头也不回就出了校门。

中考一结束，我毫无怨言地到铁头叔家，跟他学做皮鞋。喊他铁头叔，并不是因为他的头有多厉害，而是因为他的名字就叫铁，比他年长的人就喊他铁头，我们喊他铁头叔。

铁头叔已经有两个学徒，一个是南边杨村的蓉儿，另一个是村西的二头。二头的意思是家中排行老二。

做鞋主要是用剪刀剪出样子，用铲刀削皮，用针线缝，用小铁锤把木楦子钉到鞋子里等等，基本都是坐着，没有做农活那样苦。铁头叔又是极为和气的人，从来不发火。大家手里劳动，嘴里说说笑笑，还能听电唱机里的歌，都很高兴。铁头叔只有一张唱片，里面比较完整的歌就是一首《三月里的小雨》。每次听完了，我就把唱针抬起来，重放一下，听完了，重放一下。大家都不想听了，就关掉。

铁头叔话不多，二头也是一个闷葫芦，只知道埋头干活，其实主要是我喜欢说笑。每当我说了个笑话，铁头叔就放声大笑，蓉儿先是偷偷地笑，后来也跟铁头叔一起哈哈大笑。每次我才刚扯起一个话头，还没正式开始讲呢，她就咧开嘴，等着笑了。二头不怎么笑，看样子对我还有点烦。蓉儿和二头都比我大三四岁，手艺也学得差不多，很快就要满师了。听村里人传言，他们两人在偷偷相好。只是因为二头家里太穷，两人能成的希望不大。我觉得蓉儿长得很漂亮，二头又黑又小，两个人不般配，很有点替蓉儿抱不平。只是没想到，他们的要好，并没有人逼迫他们。大家越是有这样的传言，蓉儿和二头就越装作陌生人的样子。整天在一起，两人也是基本上不讲话。

有一天，蓉儿村里放电影。那时农村放露天电影是一件轰动四乡八邻的大事。早早我就跟蓉儿说好，晚上我和她一起去。我骑自行车带她。她让家里人先帮我占个好位置。蓉儿也很高兴。我没有去管二头怎么样。或者是在故意拆开他们。

我们从铁头叔家出发的时候，天色已黄昏。我把车子骑得飞快，蓉儿说慢点慢点，害怕跌下来。我就越发地加速。蓉儿紧紧地从后面抱住我。本来还兴高采烈地说着话的我，慢慢没有了声音，我弓着腰，专心地骑车。蓉儿的身子软软地靠着我，我能清晰地听到她微微的喘息。我从来没有和一个女孩靠得如此之近。一种异样的感觉传遍我的全身。我想让她放开我，可又希望一直这样下去。

那场电影我一直没有看进去。还没有结束的时候，我跟蓉儿说：不好看，我走了。蓉儿陪我挤出人群。我推着自行车，她跟在后面送我。

路两旁的稻田里，流着细细的水声。一只青蛙像是被惊动了，“扑通”一声跳到水田里。已经听不清电影屏幕上的音乐和对白了，我们在一大片稻田的中间站住。蓉儿说：“我没跟二头好。”我说：“我知道，我知道。”一只萤火虫从面前一闪一闪地飞了过去。

不知道站了多久，远远听到电影散场了。蓉儿说：我回去了。我没有说话，远远看着她回去。被太阳晒了一天的路，在月光底下，看起来像一条飘忽的银带。

从第二天开始，我就再也说不来笑话了。四个人，只能一遍又一遍地听《三月里的小雨》。蓉儿偶尔会偷偷地看我，我也偷偷地看她。

一个星期后，我接到高中录取通知书。父亲的脸上终于露出了笑容。自然，我也就不用再去铁头叔家学做皮鞋了。开学前几天，我走在村外的路上，蓉儿骑着自行车从我的旁边经过。我大声喊她："蓉儿，蓉儿。"蓉儿头也没回，飞一般离去。

在我读高二的时候，蓉儿与二头结婚了。两人在镇上开了一间小小的皮鞋店，名字就叫"小蓉皮鞋"。招牌的下面，挂着一串脚一样的木楦子。我骑车从门口经过几次，一次也没有见到她。

1987

1987 年，我上高二。她“就像那冬天里的一把火”，点燃我初次萌动的情怀。那是一个激情迸发的年代。除了写诗，我无以表达内心。可是会跳霹雳舞的男生才更招女生喜欢。

一个谈恋爱被开除的人

日前整理书房，翻出一个 20 多年前的本子。扉页上写着："有女同车，颜如舜华。"里面全是 17 岁时写的诗。

舜华是我高中时的同学，长得就像诗里说的这般美丽。高二的一年，我一直在给她写诗。

虽然是同学，我却一直没和她说过话。我们那时，从初中开始，男生女生就拉开了距离，彼此是不来往的。要是有人并肩在校园里走过，就会有人起哄。

1987 年的清明节，学校组织去南新街的烈士陵园扫墓。我们骑自行车从学校出发。离开学校，人群慢慢就散开了。远远看到舜华骑车走在我前面。她骑得热了，只穿了一件红色的毛衣，把棉衣夹在自行车的后架。从她旁边走过的时候，我看了她一眼。只看到了她的耳朵。她的耳朵清秀美丽，雪白的，像透明的一般。

我的心像一下子被电光击中。

我慢了下来。舜华从后面赶上，我侧过脸去看她，她也看我。她微微一笑，和我擦肩而过。

我跟着她。她也许是察觉了，突然加快了速度。我还是跟着，只是更加和她拉开了距离。要到墓园的时候，路变得十分颠簸。她车后架上的衣服，忽然落在了地上。然而她不知道，车子依然骑得飞快。我捡了起来，是一件小小的蓝色的带着碎花的棉袄。

等我再骑上车的时候，她已经失去了踪影。

烈士陵园的广场上，已经聚集了很多人。我夹着棉袄四处找她。

她站在陵园大门的左侧，身旁围着好几个女同学。我远远地看着，希望她们散开。她们一起走进了陵园的大门。我跟了进去。陵园里绿树成荫，立即给人一股凉意。我犹豫了一下，走过去，把棉袄给她。

“你掉了。”我跟她说。她接过棉袄的一瞬间，脸色一红。我赶忙跑掉。女同学们又围过去。不知道她们又在说些什么。我在陵园里乱转了一圈，在一个偏僻的角落里坐下来。午后的阳光从头顶照下来，让人感到一种宁静的温暖。

不知道坐了多长时间，忽然有人说:“怎么一个人坐在这里?”回头一看，是舜华。

我和她并肩走在满是坟墓的烈士陵园里。四周看看，没有同班同学。三三两两走过的，都是不相识的。烈士们的墓都是土坟，有大有小。虽然刚刚修整过，许多坟上还是长着杂草。来之前，我就听爷爷说过，1946 年的 7 月，粟裕司令的部队打宣家堡，战士牺牲了，就从战场运来这里。我爷爷是木匠，被喊来做棺材。“死的人太多，后来一个棺材里要塞好几个。”

“苏中七战七捷，不是都打的胜仗么？怎么会死这么多人？”舜华怅然地看着眼前一大片的坟包。

“胜和败，都要死人吧。”我说。

这是我跟舜华唯一的一次谈话。出了陵园的大门，我们立即又成了陌生人。

回校之后，我就一直在给她写诗。上课的时候，隔了许多同学的脸，我能看到她的耳朵、侧脸和一点弯弯的眉毛。有时候，我也会在教室后面的水杉林碰到她。那是我们晨读的地方。然而我们不说一句话。

还有一个多月就要高考了。她用功到极点，成绩很好。她知道，高考之后，她就是另一类人了。我的成绩不好。我们的命运已经注定。

有一天，晚上放学，我骑车跟在她的后面。太阳落到西边，红彤彤地照在一望无际的麦浪上。路两旁的麦田不断向后退去，远处已经看到她家的村子了。我赶上她，手一扬，把写着诗的本子抛进她的车篓。我只是想让她知道，我曾经给她写过诗。

高考的前一天，在校门外的林阴道上，她的同桌，一个瘦小的女生忽然叫住我，把一个本子递给我，然后神情冷峻地走过去。是我送给舜华的写满了诗的本子。我站在路边，细细翻看了每一页，她没有留一个字。

舜华后来考上了扬州的一所大学。她刚上大学的时候，我在无锡一家专做公交站台的工厂里，专门给铁架子刷油漆。我想过给她写信，终于没写。我知道，我们这一生是再也不会相见了。

去年夏天，我去扬州，一个老同学请我在个园附近吃饭。我装作无意的样子提起舜华。他愣了一下，说：“你不知道？开除了。上大三时开除的。她跟她的男朋友，在宿舍里鬼混，被学校抓住了。”说着，他用手指着我：“高二的时候，你写了一些情诗，就是写给她的，对不对？”他大笑起来。

我说：“不要瞎说。后来呢？”

“后来就不知道了。”

我心里一算，舜华被开除，已经20年了。

1988

1988年，没考上大学。我到无锡打工，暂住在无锡教育学院。经常听到时髦的学生，把“他人即地狱”当作口头禅。有人告诉我，这是萨特说的。我曾托他买一本萨特的书，他说太紧俏了，买不到。其实这句话我并不喜欢，我喜欢的是他的另一句：“存在即合理。”

一个我叫他大舅的人

高考落榜后，我去无锡投奔一个远房堂叔。他在无锡教育学院当门卫。堂叔让我跟一个老木匠当帮手，可是我并不会木工手艺，师傅就让我举个小木牌，蹲在路边接活。

在路边蹲到晚上，我再回到教育学院。堂叔悄悄安排我跟他孩子的大舅同住。大舅是学校的清洁工，负责打扫教学楼的厕所。他 40 多岁，不过看上去要大得多，总是黑着一张脸，不跟我说一句话。进出的时候，把门关得乒乓直响。因为这个房间原本是他一个人住的，嫌我妨碍了他。

我不是学院的工人，偷偷住在这里，不能被人发现。看管宿舍的老头很厉害，每一个从门口走过的人，他一抬头，就能看出是学生、员工，还是外面来的陌生人。如果是陌生人，就会细细盘问。所以每次进来，我都得在门口窥视半天，等他转身了，跟人聊天了，或者有一堆人一拥而进的时候，我便低着头贼一样混进去。

第二天一起床，我要赶紧收拾好床铺，把被子、席子叠好卷好再捆好，放在墙角。不能让人看到这床上有人住的痕迹。白天，大舅就把他清扫厕所的工具，摆放在我晚上要睡觉的床板上。碍于堂叔的面子，他没法直接赶我走，他是想用这种方法逼我走。可是我又能去哪里呢？

我每天起早摸黑，匆匆忙忙，其实就是找一个人来人往的路边蹲着，傻傻地举着个写着“木工”两字的小木牌。经过的人，只是偶尔用眼睛的余光扫我一下，没有询问，没有轻蔑，甚至连厌烦都没有，只是一种空洞与无视，我就像身旁的这一排沾满灰尘的冬青树。等待中唯一的波澜就是戴大盖帽、戴袖章或者其他什么人来赶，多数时候我总能逃走。上学时，我是高中部 200 米跑步的第一名。偶尔他们也能抓住我，就把我手上的木牌抢过去，放在脚下一阵乱踩。等他们走了，我回头重写个，还在路边蹲着。我只是蹲着，我没法去跟任何一个人搭讪。

天黑了，我回到教育学院，在食堂吃过饭，就到操场边上坐着，默默地看操场上的人一圈圈地跑步。我回不了宿舍，回去早了，大舅不在，门锁着。我只能坐在操场边推算着，大舅是不是打完牌了，回来了；是不是又把他的那些打扫厕所的工具，一样一样地，放到我的床上了；是不是已经躺下来，睡了。操场上的人越来越少，夜渐渐深了，操场变得空空荡荡。我很希望能有一份工作，随便什么都行，我可以不要工钱，只要给我一个住处。

夜色的掩盖下，我匆匆溜进宿舍。从宿舍大门到房间，要穿过长长的走廊，这是很紧张的一段路，每次，我都飞一般过去，脚步轻快无声。房间的门虚掩着，我轻轻推开，大舅已经睡了，打着鼾，满屋子的酒气。我不能开灯，吵醒了大舅，他会骂我。我摸索着把他放在我床板上的橡胶手套、水桶、通厕所的铁钩一件件拿下来，轻轻放在地上，再轻轻地在床上铺好报纸，放下席子。

总算在席子上躺好身子时，才长长地吁一口气。可是又久久不能入睡，大脑里总是大舅黑而冷的脸，像电影屏幕上越来越大的特写镜头，直朝我扑过来。

离开家的时候，母亲给了我 100 块钱，让我吃饭。我在校门斜对面的小卖部买了一盒“大前门”。找到机会，我就给大舅递烟，可他总是伸出手来，缓缓却有力地把我的手推开。他不肯抽。他看不起我，嫌我没出息。烟就这样带着，后来霉了。

我在江南大学找到工作之后，就再没见到大舅。前不久，听村里人说，大舅死了。死亡，揭露了生命原来的本色，一阵辛酸涌上心头。这是我自己都无法理解的。

大舅从教育学院回家之后，一直被家人数落。去年的大年初二，有人在村口碰到他，他背着一条被子，淌着眼泪，说到一个“泥浆泵”的工程队去给人家烧饭。这一去，他再也没回来。

1989

1989 年，我在无锡做木匠。我放在路边的写着“木工”两个字的牌子，经常被杂沓的脚踢翻，没有人找我干活，也没有住处。很多时候就到筛子的机械修理厂，跟他挤住在一起。筛子说我不应该当木匠，应该去写歌词。他说：“等你写出名了，给我写一首歌，我说不定也能红。”他是当真的。

一个高调唱歌的人

筛子比我小一岁，跟我同村。他生下来的时候，是用筛子接的，表明这个孩子经过了精心筛选。我刚到无锡打工时，曾有相当长一段时间，挤住在他的宿舍。前不久我回老家，竟在田埂上遇到了他。我们已经有 20 年没有见面了。我递了一支烟给他，他关了电动三轮车上唱歌的小喇叭，笑着跟我说话。他的妻子板着脸朝我点点头，接过他手里的小锹，去挖花生。筛子朝她喊：“先拿锹拍两下花生藤你再挖。”

筛子说：“今年蛇多。机匠媳妇，你认识的，就是挖花生被蛇咬了，躺在家里一个多月，还下不了床。”

我们就站在他家花生地的田埂上，说着家长里短的闲话，旷野里的风，呼呼地吹在我们脸上。我们没提一句 20 年前在无锡的事。他虽然一样的意气风发，可是脸已变得黑黝黝的，满是皱纹。

我初到无锡，一时找不到工作，就借住在筛子的宿舍。他 17 岁，已经在无锡一家很大的机械厂，做了两年的机修工。他的宿舍里放了四张高低铺，上下住着八个人。他把他的床让给我，每天晚上，他就去各个宿舍转悠，看有人夜不归宿，就在他的床上躺下。

如果那人回来了，他就跟人家挤住一夜。

我每天去城里找工作。晚上回来，筛子已经从食堂打来了饭菜。有时候，他会买一条鱼，偷偷用电炉烧了吃。吃过饭后，他就带我出去转悠。我没有玩的心思，却不好逆他一片好心。我们常去文化宫的一个旱冰场。我们只是扒在栏杆上看。有人滑得好，我们也跟着鼓掌；有人摔跟头了，我们就笑。如果有漂亮的女孩跌倒，筛子就奋勇地翻过栏杆，飞快把她扶起来。后来，终于碰上了一个在纺织厂织布的女孩。她喜欢上筛子。那时的筛子，1.8米的个子，的确很帅。

这女孩有一个可以放磁带的录音机，他们一下班，就拎了机子，喊上我，有时甚至会喊上更多的工友，找个空地去唱歌。《黄土高坡》《小小的我》《信天游》和崔健的《一无所有》，我们都是在那时学会的。筛子与那女孩每次唱得都很投入，姿态也跟电视上的明星一般的好。有时候，他们会用旧了的磁带，录下他俩一起唱的歌，再放出来，总听到背景里有呼呼的风声。这风声，让他们的歌更显出一种苍茫。

我终于在江南大学的江南书屋安顿下来后，筛子与他的女友一同来看我。筛子用手指顺着书架上的书脊慢慢滑过去，他说，看书店的工作真好——真好！要是我的作文能写得像你那样，我就也找这样一个工作了。女孩笑他：“你不是会写的么？你不是还给我写诗的么！”女孩跟我说：“他抄了厚厚几本子的歌词，从里面选了些句子，混在一起，送给我，说是他写给我的诗。”说完又捂着嘴笑。筛子伸手去打她，她笑着跑出屋子。筛子追出去，从后面抱住她，两人倒在草坪上，笑着，闹着。

筛子走的时候，我送了他一本汪国真的诗集。我在书的扉页上写了筛子和他女友的名字，并祝他们“永浴爱河”。这四个字一般是在新人结婚时，写在装钱的“红包”上的，不过当时我并不知道。

过了好长一段时间，我又去看筛子。推开宿舍的门，筛子和衣躺在床上。看是我，马上坐起来。问起他的女友，他说：得了肺病，回老家了。我说，这是当纺织工得的吧，应该厂里治啊。他说：哪说得清，反正回家了。这时我才注意到，筛子头发凌乱，胡子拉碴，脸上也是脏兮兮的。他的床头放着那女孩的录音机，几盘磁带的带子拖了出来，卷成无数个“8”字。他瞟了瞟说：“她走的时候给我的。坏了，听不起来了。”

我又找过筛子几次，他总是无精打采。女孩给他写过几封信，他也没回。到年底，跟工厂里的合同结束，他离开无锡，回了老家。

筛子回家的第二年，就在我们邻村找了个女人结婚了。

这个女人，就在眼前。她满脸严肃，一边提防着蛇，一边挖着花生。

我与筛子在花生地的田埂上相遇，是过了 20 年，我们第一次见面。几次回家，他都不在。终于见到了，可是我们的关系又

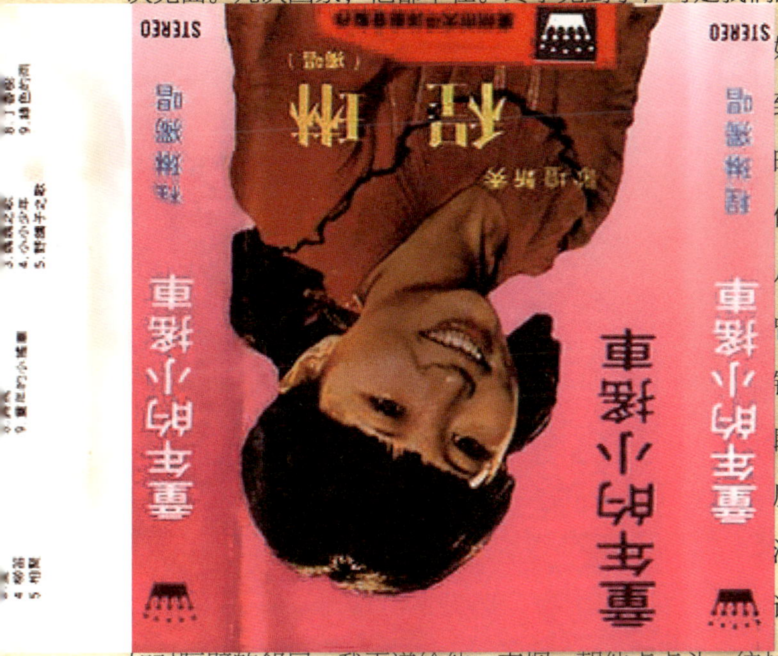

好像退回到了普通的乡亲，仿佛我们从来不曾有过无锡的那一段共同经历。他快活地跟我说话，一如对隔壁的邻居。我再递给他一支烟，朝他点点头，往村里走去。走出几十米，筛子又把他电动三轮车上的喇叭打开，高声和着里面的音乐唱了起来。我听了听，是刀郎的《冲动的惩罚》。在乡村空旷而安静的田野里，这歌声显得十分突兀。

除了喜欢高调地唱歌，筛子与村里人没什么不同。然而就因为这个爱好，村里人背后都喊他“甩子”。

1990

1990 年，我在江南大学的江南书屋当图书管理员。其实已经很少有人来书屋里看书。校园里主要分成两派，一派是“托派”，一派是“麻派”。“托”是考托福，“麻”是打麻将。“白衣飘飘的年代”已然过去，但我还停留在那个梦想里。

一个想当诗人的人

高考结束，知道我大学无望，父亲四处借债，让我到县城里去复读。我说，不读了。背了爷爷留下的锯子、刨子和一把斧头，去无锡投奔一个远房堂叔。

无锡，是 18 岁的我，去得最远的地方。刚到无锡的那段时间，我就举着个写着“木工”两字的小木牌，傻傻地蹲在路边。

木工做了几个月，堂叔又介绍我到江南大学的一家制作公交站台的工厂。我的工作就是在这些庞大的铁架子上，一遍遍地刷上油漆。休息的时间，我常去图书馆门口转悠，可是进不去，我不是大学的学生。后来，我终于找到一个去处，中文系有个卖书的书店，叫做“江南书屋”。

空闲的时间我就去书屋看书。书屋里的老师对我慈爱地笑笑，听任我看，并不要我购买。时间长了，老师就问我，愿不愿意到书店来，当店员，兼搬运工。

第二天我就来了，兴奋地踩着三轮车，从遥远的书店拖来满满一车的图书。老师让我在书店的仓库里清出一块地方，铺上木板，当我的床。书屋其实是由一间教室改成的。教室被高大的书柜隔成两半，前面一半开店，后面一半做仓库。这一夜，我几乎把书架上的每一本书都抚摸了一遍，兴奋得无法入睡。

我的顾客大多是学生，我的同龄人。我是热情的，可是他们很少和我说话。他们一边在书架前翻着书，一边叽叽咕咕地说话。他们所说的内容，我都关心，可是插不上一句话。

有一天，来书屋的学生，谈的都是一个话题，就在学校背后的惠山山巅上，将有一场盛大的聚会。全市有名的作家和学校里著名的诗人都会去，去朗诵他们自己的作品。

我站在柜台的后面，眼巴巴地听他们热闹地谈论着如何在小树林的树枝上挂上自己的诗作。没有人在意我，没有人漫不经心地向我说句顺口的客气话：你也来吧。他们还有请柬，很多很多的人都有请柬。凭这个，可以乘索道上山，可以一直到电视塔。

我是翻过学校后面的围墙上山的。午后就出发了，没有路。其实自己花钱买票也能乘索道上山，可是我怕遇到那些常来书屋的学生。他们如果看到我，一定会惊讶得要命。

我手脚并用地攀援着，一路忐忑不安，怕在山里也会遇见熟人。终于安全到达电视塔，天色还早。远远看过去，已经来了不少人。我躲在一块山石的背后，想等天黑下来，再混过去。

已经有人在树枝上挂上自己的诗了，有人高声地读了起来。我的手放在裤袋里，紧紧捏着一张纸条，我写的诗。可是我没办法走过去，只是远远地坐在这石头的后面，一遍遍给自己鼓气。

渐渐有成双成对的情侣向僻远的这边走过来。我只好向更远的地方退过去。终于，我在一个残破的生满了杂草的古墓旁边坐了下来。是秦少游的墓。我就坐在这墓的旁边，等着天黑。

回到山顶的时候，晚会已经开始了。电灯并不是很亮，还发出“嘶嘶”的声音。非常多的人带着手电，把站在场地中央朗诵诗歌的人的脸照得光芒四射又斑驳陆离。人山人海。朗诵结束，一批批的人走进了场地中间，后面人的手搭在前面人的双肩上，围成一个圈，人们唱起歌，圈子旋转起来。又有更多的人在外面围成更大的圈，一样地旋转着。所有的人都唱着同一首歌，四周的散客让手电筒的光芒像蛇一样地扭动。我站在一棵老树的树丫上，热切地张望着。我知道，此时我混入其中也没有人会知道我是谁，也不会有人来问我。树叶遮挡着我的面容，看着这狂欢却又与我无关的人群，我的内心喊叫着：一起跳吧，一起跳吧。可是我走不过去，我充满渴望，却又满怀悲伤。

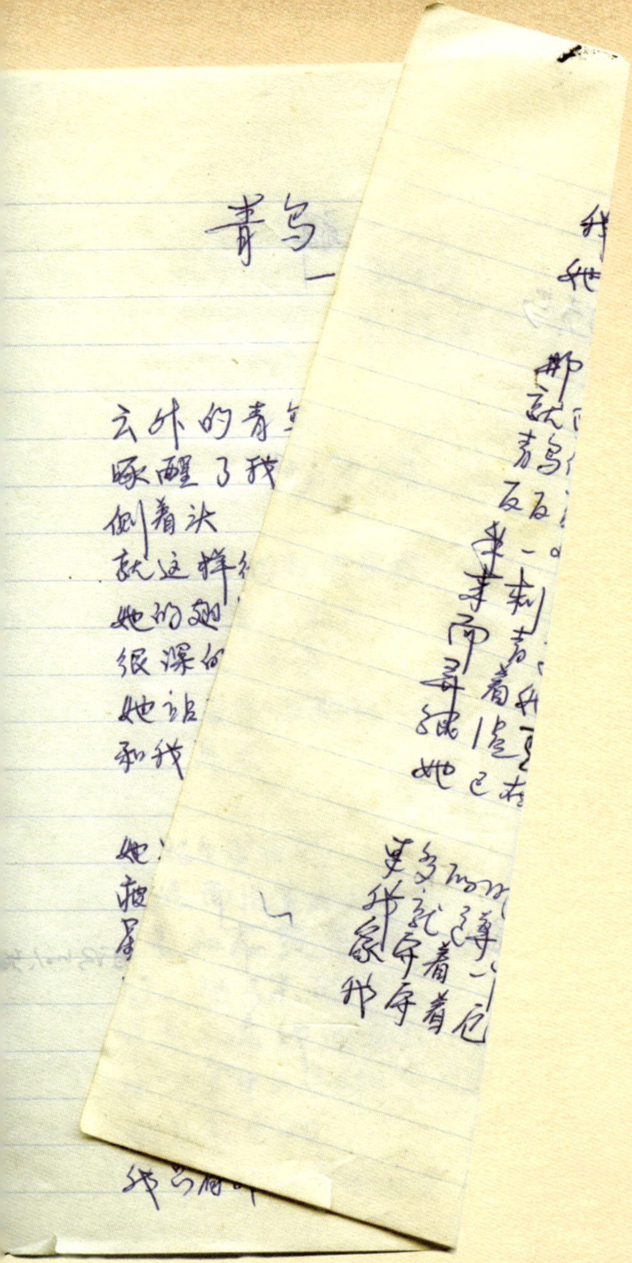
青鸟

云外的青
啄醒了我
倒着
就这样
她的翅
很深的
她站
和我

1991

1991 年，我 21 岁，第一次发表了文章，是一个小“豆腐块”。阅历与年岁的增长，把人变得越来越不动心。我不知道，会不会有一天，能发生点什么，让我能像那天那样，像疯了一样地快乐，哪怕一次。

一个在雪地里徘徊的人

1991 年的 12 月 25 日，是一个大雪天。无锡江南大学的文浩科学馆，举办了一场规模盛大的诗歌朗诵会。人们从四面八方冒雪赶过来。我在科学馆外面的空地上来回走着，满怀激动。因为这场朗诵会上，有一首诗是我写的，我写给子禾的。

我和子禾是在秋天认识的。我是江南书屋的民工，她大学刚刚毕业，真正的貌美如花。认识之后，几乎每一周，我们都骑车绕着太湖走，寻找好风景的地方。我们去过万顷堂，去过据说毛主席曾多次下榻的锦园。当然，因为不开放，我们只能绕着走，就近找个无人的石坡，坐下来看湖。

有一次，我们穿过宝界桥，一直往西南的山里走，竟碰到了一个水上飞机场。水边上有个大仓库，门锁着，锁已经生锈了。从门缝往里看，确实能看到一架小飞机。飞机场的右前方，有个伸进太湖的荒岛。岛上的林木中，有一排破旧颓败了的平房，墙壁上依稀还能看到“农业学大寨”的字样。山那边就是太湖了，烟波浩渺，无边无际。

我踩过齐膝的草，揪着藤蔓下到山脚，再举手接子禾下来。她坐在水边的石头上，脱掉鞋子，用脚踢着水。湖水轻轻地拍打着湖岸，像是有人在窃窃私语。她跟我说，她是侗族人，家在很远的贵州。她唱着家乡的歌。我听不懂歌词，只觉得好听。她只唱了两首，就说没有了。我要她再唱，她说，那就唱一首《加州阳光》吧。唱完之后，我们都有一种怅然若失的感觉。她说，希望有一天，我也能到加州去晒太阳。我想说，我和你一起去。嘴张了张，却没有说出来，只是朝她点点头。

回去的时候，天已经黑了。我们在梅园附近的一个面馆前停下来。她笑着说，我吃碗大肉面。我把大肉面端给她，自己买了一碗便宜的阳春面。我只剩了这点钱。

她咬了一口肉，抬头看到了我的阳春面。她本是笑着想跟我说话的，怔了怔，低下头去。她也许是想把那块咬过一口的肉给我的，可是我们的关系，还没有那么好。她再也没吃那块肉，连面条也没有吃完。

回去的路上，我们变得无话可说。在沉默当中，我的心变得冰冷。两碗面条，彻底改变了一切。她恐怕再也不会见我了。送她到制药厂的门口，她看了我一眼，说，你回去吧。我看她走进了厂门，看到厂门口慢慢起雾了，雾慢慢地把厂门遮盖了起来。我骑车回江南书屋。一条走了许多遍的路，我却迷路了。直到半夜，才摸了回去。

之后的几个星期，我好几次给她打电话，她都不接。我只能在半夜里不停地写诗，写了又撕。我当然知道，她不理我，不是因为我穷，而是因为她看不到希望。

我是在《无锡日报》上看到征稿启事的，征集朗诵会的诗歌。截稿日期的那天，我在报社的门口一遍遍地转着。我这是第一次投稿，我把给子禾的一首诗誊写得工工整整，我怕邮递会丢了，我送过来。可又一阵心虚，我怕见任何人。门卫终于出来过问，让我把稿件放进一个信箱。那个信箱旧旧的，让人很不放心。

那天上午，像往常一样，我又跑到中文系办公室翻报纸。先看到的是那首诗的标题，粗黑的字，触目惊心。一大片的字就铺在报纸三版的下部。我的名字赫然印在标题的下面，楷体，细细的，然而动人心魄。我偷偷地从报架上卸了报纸，跑回江南书屋，关上门。我坐在桌子前一字一句地把报纸上的这首诗慢慢地读着。我极力平静地坐着，紧紧握着双拳。我猛然跳起来，挥舞着手臂。我咬着嘴唇，我对自己说，这算不了什么，这算不了什么。可我忍不住，我朝着屋顶大喊一声，每一个毛孔都快乐地敞开了。我跟自己说，命运从此就要改变了。

报纸、电台、电视台都在报道这场朗诵会，成百上千的人报名参加朗诵者选拔赛。不久，我收到了寄来的两张票：12月25日，江南大学文浩科学馆。

我骑了车去找她。她不在宿舍。我给她留下一张纸条，说我将一直在科学馆的门口等她。

我站在雪地里，朝远处张望着。我是知道她的无奈的。我只不过是个踩三轮车拖书的民工。我一直想跟她说，一切都会改变

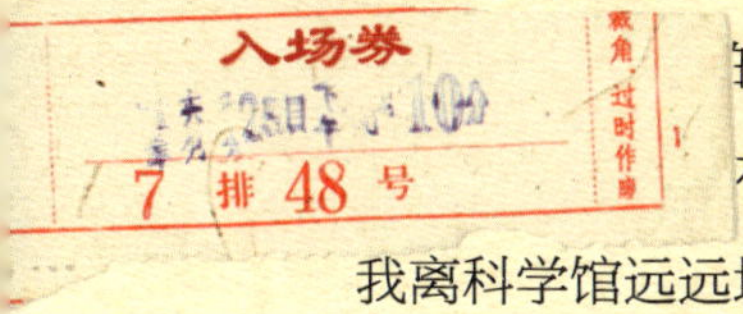

的，只要再给我一点时间。可我说不出口。

不过今天你来，你就会看到了。

我离科学馆远远地站着，朗诵会已经开始了。雪落在头上，打在脸上，雪水从眼睛、鼻子上流下来，流到嘴里。朗诵会就要结束了。

我走出校门，沿着她应该来的路一路走过去。手、脚和大脑，都变得麻木了。我的手插在口袋里，紧紧握着那两张票，不知不觉，票已经揉碎了。雪越下越大，我茫然地四下看看，像是又迷路了。

1992

1992 年，江南书屋倒闭了，我在沿河新村的一间打印室里混日子。敏感的人应该都听到了春雷阵阵，中国大地又酝酿着新一轮大的变革。彼时的我，还很没出息地沉湎在小情小调的文字雕琢之中。一日大雨，同事一直开着的收音机里忽然说：“下面为大家朗诵一首诗，诗名叫《波光》，作者申赋渔。”等这首诗播完，我“啪”的一声关了电脑，跟同事说，我走了，不来了。然后骑了车，冲进大雨之中。

一个在卖肉时写毛笔字的人

虽然明知无望，但在看完高考分数之后，失望，更确切地说，对未来的茫然，还是让我说不出话来。我，志远、王杰和叶文进，推了自行车，就这样，沉默着，漫无目的地往前。我们 4 个，都是学校油印文学刊物《雏凤》的骨干。志远写得一手好字，刊头题字，内页美化，都由他负责。

太阳火一般烤着，无边的麦田里，麦子已经熟透了，中午的田野寂寞空阔。远远望去，几个稻草人有气无力地站着，穿在身上的破布褂子，低垂着，一动不动。这条路是我们几年来，每天走的路。只在几个月前，我们还是你追我赶，大声笑着、喊着，一只手骑着车，另一只搭在别人的肩上，飞一般向前。而现在，活力与朝气，仿佛已离我们而去。大家懒懒地、无力地，像是在挣扎着往前。

要到志远家的时候，我们停下来。在前面的麦地里，一位满头白发的老人在割着麦子。她坐在一只草把上，割上几刀，向前挪一步，再割几刀。是志远的妈妈。我们没法停下来，悄悄骑车滑过。走过去了，又拼命踩着脚踏。没有谁想回家，只想走得远些，最好再也不用回来。

天黑了，半夜了，终于踩不动了，我们爬到田边一个高大的麦秸堆上，躺下来，望着天上的星星。一夜，什么都没说。

后来，我去了无锡，在江南大学的江南书屋当图书管理员。有一天，我正在书架前向人介绍一本新书，志远走了进来。他说，他也来无锡了，在一个小区当门卫。我兴奋地带他去学校里四处闲逛，一起去河埒口的录像厅看电影，还送了他一本字帖。

1992年的夏天，给了我人生中最幸福时光的江南书屋倒闭了。我白天在城里乱转，找工作；晚上天黑了，就像一只认窝的小狗，我又摸回书屋。书屋已改成了教室。里面没有了书架、书和我放在书堆中的床，只有一排排排列得整整齐齐的课桌。其实，书架、书，和我的床板，都是我帮着搬走的，可是我无处可去，一到晚上，我还是会回来。我爬上楼顶，在水泥平台上铺了席子，躺下来。我大睁着眼睛，一眨不眨地看着高空的星星。夏天，我就这样，在楼顶住着。只是肚子隐约有些疼痛。我知道，是因为夜里的露水和凉气。可是，我一时找不到工作，只能这样住着。

一天，很晚了，我回来，突然看到志远站在学校的大门口。他说，以为找不到你了，书屋搬了？我带他进去，一起坐在教学楼的顶上。他默默陪我坐着。他是来告诉我，他要回家结婚了。他父亲帮他在家定了一门亲事。“我回去相过亲，人还行。无所谓了。”回去结婚，他的声音里，并没有喜悦。他用手在地上反复写着一行字：“天下之大，竟无你我立足之地。”

我跟着志远回到他的住处，一间6平方米的门房。他给我烧生姜红糖茶，帮我去身上的寒气。我们挤在一张床上，抵足而眠。两天后，他回家结婚。他说，你安心在这里住着，过几天，我就回来了。志远走了之后，我的内心更加恐慌。我知道，他的路，就是我的路。

没等志远回来，我就走了。我先去了一家打印店，后来去了广州。我以为，离得越远，就会越远地离开我注定要过的生活。

10多年过去，我跟志远完全失去了联系。两个多月前，有人偶尔提到了他。志远在家乡的一个小镇上卖肉。“手艺倒是不错，你要一斤，他一刀下去，不会九两。就是人有点作怪。你说，你一个卖肉的，还在肉案子旁边摆个桌子，没事写毛笔字……”

我没有再听下去。也许，只有我，知道在志远的心中，还有一两笔没写完的字。

1992

1992年,寄托了我美好想象的广州,成了我义无反顾的选择。20年后，在我现在生活的年代，“高速度”是人的常态，却又常常被人们诟病。譬如高铁。我的一个朋友甚至写了一本书，希望人们像蜗牛一样慢吞吞。其实在生活中，快与慢，都可能蕴藏着危机。

一个卖玉米的人

江南书屋在 1992 年的暑假前倒闭了。书店改做了教室。一时找不到工作，我决定去广州。

我坐的是趟慢车。火车过了常州不久，忽然在一片旷野当中停了，四周是浓密的玉米地。天气热得厉害，许多人把头伸到窗外，窗外有风。远远地，在有屋尖冒出的地方，玉米地一阵骚动。有人走过来。

是个 60 多岁的老人，提着一只沉甸甸的篮子。一个五六岁的小女孩，双手抱着一只竹篓，跟在后面。

老人从火车头沿着窗口，一扇扇走过来。他把篮子递到窗口，里面是煮熟了的、很嫩的玉米。坐在我对面的中年人，买了一根。一块钱。老人又把篮子朝着我，说："嫩得很呢！买一根尝尝吧？"我朝他摇摇头。他去了下一个窗口。小女孩把竹篓顶在头上，从车尾往回走，嘴里脆生生地喊着：“玉米，玉米！”不断有人从窗口伸出手来，拿她头顶上的玉米，把钱递给她刚够得着窗子的小手。

火车还是没有开的迹象。小女孩走过我窗子面前的时候，头上的篓子里还有五六根。她满脸是汗，可是两只手必须紧紧地抓住篓子，没法擦一下。汗从额头、鼻尖、下巴上，不断地往下滴。我摸摸口袋，可是没有零钱。小女孩喊着：“玉米，玉米！”她看着我，我没有动静。她又喊着，往前去了。两只羊角辫被竹篓压扁了，贴到头上，被汗水打得湿湿的。

小女孩向车头越走越远。老人已经走到了车尾，又回过头，向车头走去。经过我的车窗的时候，笑眯眯地看了坐在我对面正啃着玉米的中年人一眼。这么热的天气，他竟穿着一件蓝色卡其布的外套，敞着，露出汗津津、瘦骨嶙峋的胸脯。他竹篮里的玉米只有一根了。

“最后一根，5 毛钱了。”他喊着。

没人买他的最后一根。他一边喊一边慢慢朝前走去。

天愈发闷热，风好像也停了，玉米秆直直地树在地里，一动不动。车子还是不开。车厢里的抱怨声越来越大，更有性急的人开口叫骂起来。

猛然一声鸣笛，空气被震得嗡嗡直抖，对面开来一列火车。

我们停了半天，原来是为了给它让路。不过，终于可以走了，我高兴地把头又探到窗外。

火车飞一般迎面扑来，气浪推得铁轨不远处的玉米一阵乱抖。在一列车厢的扶手上，像挂了一件衣服。一阵持续刺耳的刹车声，火车停了下来。

那件衣服飘落在地上，是那个卖玉米的老人。

“爷爷，爷爷。”小女孩哭着从远处奔过来，手里还牢牢地抓着盛着玉米的竹篓。

小女孩扑到爷爷的身上，拼命摇着爷爷的胳膊。爷爷像是缩小了，变成了一点大，躺在地上，一动不动。

所有的窗口都伸出头来。我坐的慢车发出长长叹息一般的声音，慢慢启动。

那列火车停着。小女孩趴在爷爷的身上，已经听不到她的哭声。在她的旁边，竹篓翻在地上。慢慢地，她和她的爷爷成了小小的黑点。

火车加快了速度，一眨眼，小黑点不见了。

1992

1992年春天，有一位老人在中国的南海边画了一个圈。南下寻梦成为汹涌的浪潮。我也是这浪潮中的一个。我的梦是当个作家。离开南方的时候，我觉得了自己的盲目，那里根本就成不了作家。其实那里是可以造就一个作家的。20年后我这样想。

一个断了食指的人

1992 年夏天，随南下的人潮，我来到广州。下火车已经是傍晚。在候车室，我买了几份报纸，看上面的招聘启事，等着天亮。

第二天，我去了六家公司。最后一家公司在郊区，天快黑了。我不会粤语，门卫不会普通话，一番缠夹不清的对话之后，他突然放出了狗来。

我在流花公园的一张长凳上度过了到达广州的第二夜。

清晨从公园出来，我完全打消了找办公室文员这样体面工作的念头，我朝火车站方向过去，那是民工的海洋，应该有我的出路。

离车站不远的马路边，一堵破旧的墙壁上，层层叠叠地贴着各种寻人启事、治性病的广告和招聘信息。我挤在人群当中，身旁挨挨挤挤的都是和我一样背着行李的民工。

“找工作啊？”我回过头，身后是一个白净甚至英俊的年轻人。

他问我从哪里来。我说是无锡。他立即激动起来。他用我熟悉的吴语说道，他是常州人。他说，没想到在这么远的地方，竟还遇到了老乡。真是太好了。我也有点激动。他介绍我去他所在的服装厂。我当即答应。

公共汽车朝三元里的方向一路开过去，开了很久，才在一个远而偏僻的站台下车。拐了两个弯后，我们走进一条窄窄的小巷。小巷的尽头，有一扇铁皮门。敲门进去，里面是一个不大的院子，有四间房屋。

常州的小老乡指指我，朝一个站在门口的瘦黑的中年人打招呼："是我老乡。"中年人嘴唇上的小胡子动了动，像是笑了，没有说话。

老乡安排我住在最右边房间的阁楼上。人字形屋顶的阁楼矮矮的，只能弓着腰。地上是木地板，空空荡荡。然而当晚竟热闹起来，上来六七人，有男有女，显然跟我一样，都是被介绍来打工的。

最左边一间房子是厨房，卖一元钱一碗的河粉。晚饭过后，小胡子将我们几个人集中在院子里，前言不搭后语地讲话。我终于弄明白，进工厂前必须先培训，培训必须先缴培训费。我们这伙人中，嗓门最大的是一口湖南腔的小伙子，他嚷嚷着，说不学了。我的"老乡"走过去，一拳打在他的脸上，"通"的一声，他倒在地上。于是，所有的人在另外两个小伙子的看护下，到中间那屋子里交钱，一人两百元。

我朝老乡走过去，递给他 5 元钱。我告诉他，只有这么多。另一个年轻人走过来，打开我的旅行包，拎着底一倒，衣服、十几本书，掉在地上。这么多的书，让所有的人都吃了一惊。

小胡子站在一边冷冷地看我，抱着手，一动不动。我弯下腰，慢慢地，从老乡的脚边捡起我的衣服和书。

这一夜，阁楼上的人或坐或躺，几乎没有人睡觉。第二天一早，小胡子说，一切都是自愿的，你们可以走，你们也可以学。他指指一台破旧的缝纫机。所有人都走了，除了我。我不可以走，因为没交钱。

我的钱藏在裤腰上一个缝起来的补丁里，这个时候，即便想交，也已经晚了。老乡拉我坐在树阴下的凳子上。他说：没想到，你还是个读书人。老大是看重读书人的，我们一起干吧。

“虽然不是正事，可要比打工强，等有了足够的钱，想做什么就可以做什么了。”

我摇摇头：“可能你不相信，我到广州来并不是为了钱，我是想找一个机会。到底要什么，我也不知道。但是你们让我做的事，我一定不会做。只要做了一件，我这一生就完了。”

我和他谈我的经历，谈我对未来的打算。他默默地听着，没有插话。最后，他把总放在口袋里的左手拿了出来，放在我的面前。食指没有了，被齐根斩断。“以前，我也像你一样，经常会想自己将来要怎样怎样。因为别人欺负我妹妹，我跟他们打架，手指被砍断了，我也捅了对方一刀。我在外面躲了两年，没有人知道我是死是活。”

第二天，天还没大亮，他来喊我。他打开铁皮门，让我赶紧走。他递给我一张纸条，说上面写着他家的地址和他妹妹的名字。他说：“如果有一天你到常州，你告诉我妹妹，我好好的，在一个厂里上班。”

铁皮门无声地在身后合上，微雾的清晨里，只有我几乎渺不可闻的脚步。

离开“断指”之后，我又去了佛山、珠海、北京、上海。流浪多年之后，终于定居在离常州很近的南京。“断指”给我的那张纸条，不知道在什么时候丢了，这让我一直心怀愧疚。20 年过去，我至今也没去过常州一次。

1993

1993 年，我从佛山来到珠海。

我逃出广州那个骗子窝之后，来到了佛山南海一个叫黄岐的小镇上，在一家家具厂做搬运工。虽然辛苦，但毕竟是正经工作。我工作的地方，离不久前“小悦悦”被撞的那条马路不远。两岁的“小悦悦”被撞倒在地，18 个人从她面前走过，无人过问。虽然我离开那里已经 20 年，可是听说这样的事，我立刻感同身受。20 年前，我在那里，也曾被冷漠伤透过心。

我从黄岐去了珠海。那时珠海是特区，我这样的民工是去不了的，因为没有“特区通行证”，只能给钱，请当地人偷渡我进去。

2009 年，美国《时代》周刊把中国工人评为年度人物。理由是他们背井离乡，工资低微，没有完善的社会保障，却默默无闻地推动了中国，乃至于整个世界的经济。这个评价其实已迟到了 10 多年。

一个被当成小偷的人

我从佛山到珠海之后，流浪了很长一段时间，终于在吉大的国际展览中心找到一份工作。

那天下午，我经过一家培训公司门口，看到一个瘦小的年轻人在教学生电脑操作。我站在门外听了一会，不禁哑然失笑。他教的这种财务软件，我在无锡教过。他讲得实在是太糟糕了。我推门进去，找到主管。我跟她说："这个课，我上得要比他好许多。"我指指外面那个倒霉的小伙子，"你可以让我试试，如果不好，我就走。"

主管真让我试了。试完之后，她当即辞退了那个瘦小伙子，让我第二天就来上班。就在我上班后的第一个周末，我在大海边遇到了妙妙。

快乐的日子总是稍纵即逝。一转眼就到了中秋节。

公司经理李萍忽然找我谈话。她说公司丢了东西，问我有没有看到谁有不轨的行为。我摇摇头。她说，她已经有证据，是主管偷的。她要我去派出所作证。我说：“我没有看到，我不好作证。”她生气了，她说：“你是她招进来的，你是不是跟她一伙的？”我说：“我不是的。”“不是的？我看是的。”她打了个电话，然后跟我说，你到派出所去一下，马上去，不要让他们来抓你。

去就去吧。我想，我又没做什么坏事，我怕什么。知道自己是个民工，心里又有些胆怯。虽然天很热，我还是打了一个漂亮的领带，表明自己也是个体面人。

那是个太阳白花花的下午，我骑了自行车，一路打听，来到吉大派出所。一个穿花格子衬衫的警察问我做什么，我说李萍让我来的。他就让我站在二楼所长办公室门口等着。时间不长，一辆摩托车呼啸着开进院子，李萍从后座飘然而下。开摩托的，是所长，朱所长。朱所长给自己和李萍倒了水，坐下来，点了一支烟，然后让我从门口进来，在桌子前面站着。李萍坐在一个副所长的空位上。朱所长问我：“我们现在怀疑你盗窃，你怀疑谁？”我说：“我没有偷，我也不怀疑谁。”李萍说：“你讲了，就没你的事儿了。她已经被抓起来了。”我明白了，他们这是要我作伪证。我不肯说。朱所长说，让他想想去。“花格子衬衫”进来，用手揪住我的领带，把我带到厕所里，让我站着。

我在厕所里站着，站了 3 个小时。“花格子衬衫”又扯着我的领带，像牵一条狗一样，把我扔进所长办公室。打个领带做什么呢？我又气又悔。朱所长和李萍又问我。我说，你们怎么可以让我说谎呢？朱所长把桌子一拍，指着我的鼻子大吼道：“我看你是不见棺材不掉泪。”我才 23 岁，没见过这样的场面，心里十分害怕，大气也不敢出。“你到底说还是不说？”朱所长恶狠狠地问，“你不说，就是你偷的。”我根本不知道他们丢失了什么。我只知道，他是要我指证主管，让我在一张纸上签字。

我到珠海只是想找份工作，生活下来，有机会，我还是要当作家的。我已经到《珠海特区报》去过，当面给一位编辑投过一篇散文。也许不久就会发表。我不愿意作伪证，我觉得这是一件很严重的事，会成为人生的大污点。如果我作伪证了，我可能一辈子就当不成作家了。朱所长看我木木的，不肯配合，就气恼地挥挥手，我被带了出去。

天已经黑了。“花格子衬衫”让我在一张表格上签字，写我的名字和家庭地址。他把笔塞进我的手里，让我把皮带解下来给他，让我把皮鞋脱了。我惶惑地揪着裤带，他的动作很熟练，三两下就抽了我的皮带，又把表格拍在我的眼前。我瞟了一眼，表格上拘留理由的一栏写着“疑盗”。我就一只手拎着裤子，一只手在那表格上签了自己的名字。我被带出去，赤着脚，关进了一个带铁栅栏的囚房。

我站在铁栅栏前面，抓着铁条。我一直站着，不知道过了多久。后面有人喊我：“嗨，兄弟！不要发愣了。”“兄弟，你犯了什么事？”我犯了什么事？我不知道。我无言以对，我不想与他们说话。我怎么能跟他们混在一起呢？我沉默着，一句话不说。他们彼此招呼着，一会儿就熟识了。有的是因为当街抢劫，有的是因为斗殴，有的是偷东西失手了。

囚牢只在高处有个小小的窗口。正前方的角落里有一个水龙头，喝水和洗脸就在那里；在右前方的角落，是小便和大便的地方；左前方的角落是铁栅门，是提人和关人进来的地方。只有我所在的这个角落是牢里人们蹲踞的地方。地是粗糙的水泥地，没有鞋子，站或是蹲久了，寒气从脚底一直往上蹿。如果累了，坐下来，寒气又会从臀部漫延到整个背部。躺更是不行的了，会全身冻僵。最好的方法就是不断地来来回回地走动。于是整日整夜有人在牢里游走着。也有人歪倒在地，睡了过去。而我，满怀着悲愤，一会坐，一会呆呆地站着。

身边的人走了，又有新来的，循环往复。没有人问我、理我。我近乎绝望了。我常常扑到铁栅栏门前，大声地喊着叫着：“为什么关我？”“放我出去。”然后就有人冒出来，拿根棍子朝我吼：“再鬼叫老子揍你。”我只好退回来。

关我的地方就是派出所里的一间囚房。墙壁上被人用坚利的东西刻了许多字。只有在正午的时候，阳光从天顶的小天窗里照进来，才能看清一些。多数都是骂人的脏话，有一个比较奇特，上面不停地写着：我已经被关了12天了，一直没人理我，18天了、20天了。直到35天，这个痕迹才终于消失。我心里一凉。我的家在数千里之外。妙妙也不知道我被关在了这里。我是突然失踪的。他们若是把我关在这里一辈子，也不会有人找过来。

晚上，昏黄的灯光从铁栅栏外透进来，更显得囚室里的凄凉。老鼠不断地从栅栏下面进进出出。我不知道它们到这里来做什么。其实这里面什么也没有，只有恶臭。水泥地的寒冷，让光着脚的我，只能不停地走动。可是我要走得十分小心，因为一不小心，就会踩到蠕动着的蛆虫。我走着走着，竟然羡慕起老鼠的自由来。

我几次想跟看守说，我愿意作证，我说我看到了，我签字。可是每次走到栅栏口，我又说不出来。我怕我如果这样出去了，我这辈子，就只能做一个小人了。我只要做过一次小人，我就完了。我就永远是一个小人。我会破罐子破摔。我这个人，就再也没有希望了。

我终于对自己下了一个狠心。每天中午和晚上，会有人从栅栏外，递一只拳头大的、用塑料袋装着的饭团进来。我接到手，就把它扔出去。我开始绝食。在绝食的时候，我一直在想妙妙。

我希望她知道我被关在这里。不过她知道了，她也无能为力。她知道了，她还会不会相信我？

几天后的一个清晨，忽然有人喊我的名字。铁门“哐啷”一声打开，我走了出来，腿有些发软。看守给了我皮带和鞋子，让我又在一张表格上签名，表格上的释放理由是“取消嫌疑”。就这么简单！然而我不敢多想，跌跌撞撞就走了出去。外面是个院子，院外是一条宽阔的大路，路上人来人往。我一直跑到大路上，差点被一辆汽车撞着，才停下来。

我又看到了妙妙。

我呆呆地站在路边，直到她走过来，像所有在一起的日子一样，她又拉着了我的手。妙妙说，去我家吧。妙妙到单位找过我，有人说被关了。她托家人找关系把我放了出来。

妙妙陪我回到宿舍。我的床已被一个新人占了。几件简单的行李被扔在门后的垃圾桶旁边。我把东西塞进包里，背着，去公司。工作是丢了，可李萍还有将近一个月的工钱没有给我。

李萍看到我进来，很惊讶。她说：“啊，你还过来做什么？”我说：“我来拿我的工资。”她瞥了我一眼，拉开抽屉，从里面拿了一张百元钞票扔在我面前的地上。我说：当初讲好的，一个月是 1500 元。她面无表情，冷冷地说：“就这么多，你要就拿，不要就滚。”我一动不动，狠狠地盯着她。她站起身，用手指着我叫道："啊，你想怎样？啊？阿成、阿松。"阿成、阿松闻声过来。我弯腰捡起地上的百元钞票，对她说："我要告你。"她一愣，忽然放声大笑起来。我像泄了气的皮球，在她的笑声中仓皇逃出门去。

几个月后，我离开珠海。汽车开动了，离开"珠海特区欢迎您"的牌子的时候，我突然又想起李萍朝我大笑的样子。我对自己那天的表现很不满，我想，我不应该说那句无力而可笑的"我要告你"，我应该用很恶毒的眼神看她一眼，然后一言不发地走掉。

那是 20 年前的想法。其实那时的我，无论是对李萍说什么，还是给她怎样一个眼神，都毫无意义。

注意事项
中华人民共和国
边境管理区
通行证

1993

1993年的珠海，刚刚从一个小渔村变成了一个光鲜的城市。外表确实漂亮了许多，甚至也盖起了不少堂皇的高楼。小渔村的人经不住这突如其来的变化，就变得有些怪异了。一些人出租了土地或者房屋，整天开着车收租，然后玩乐。一些人管理南下的外地人，不自主地，就显出暴发户的自大心态。20年过去，现在的中国竟跟这个曾经的小渔村有着某种类似。

一个把我从拘留所救出来的人

离开珠海之后，我再没回来，也没有她的任何消息。

认识她是一个狂风大作的下午，几个朋友说去看大风中的海。海的咆哮越来越近，吼叫着的海浪超过了我们的预期。它扑了过来，我们拼命向岸上逃。我的手被一个人捞住，一直跑到一棵高高的棕榈树后，那只手还在掌心。

她叫妙妙。她和拱北商场的同事们这天也来看海。

再后来，在一起最多的时候就是看海了。常常是在拱北，在海的这边，看澳门那边的灯火像河一样地流过来，从海那边，从海湾，从水里，一直流到脚边。她跟我讲普通话，带着浓浓的我喜欢的粤味。

她要下班的时候，我就去拱北商场她的柜台前等她，装作漫不经心的顾客的样子，看她忙忙碌碌。由于她们的纪律，我总不敢出声。但她看到我了，脸上便有了不易察觉的一丝笑意。

偶尔，妙妙也会来在吉大国际展览中心的，我正工作的那家财会培训班看我。有时候，我正在上课，她就找个空位坐下来，很认真地听。若是有人讲话了，吵闹了，她就会狠狠地盯着他们看，用眼神逼他们好好听课。

快乐的日子十分短暂。中秋节的时候，我突然就被当成小偷，抓进了派出所。我被关着。如果不是妙妙，也许，我会被关很久。

妙妙的家在湾仔，和澳门只隔着一条河。从拘留所出来，她就接了我去她家。去她家要穿过许多条小巷，没有人带，根本找不到。她的家是一幢木结构的平房，院子里栽满了花。她的父亲蹲在里面侍弄着。她妈妈笑着，站在门口等我。客厅里摆了一张大桌，满满一桌子的菜。她的三个哥哥坐在桌子旁已经喝了起来，只喝酒，没有吃菜。她的嫂子围着围裙从厨房里跑了出来，大声地招呼，豪迈地笑着。我先去洗了澡，用水龙头狠狠地冲我的身体。这是必需的，要洗掉晦气。饭吃得很晚，大家都很高兴。他们都知道公司冤枉了我。他们不停地给我夹菜，劝我酒，替我斥骂官商勾结。

吃过饭，妙妙拉我出去走走。我们就坐在湾仔的河岸上，看对面的澳门。妙妙笑着，指着对面的澳门，说她几年前去过，到处都是老虎机。她说，过段时间，我们再一起去。我可以找我叔叔帮你办通行证。就是这个叔叔，托人把我从拘留所里放了出来。

半夜的时候，我头痛欲裂。因为我跟她的小哥哥睡一张床，怕吵醒他，我一动不动。早上起床时，我几乎坐不起来。妙妙没有去上班，扶我去湾仔卫生院。妙妙举着吊水的瓶子，挂在卫生院长廊里的一棵树上，我们就坐在树下的椅子上聊天。虽然是秋天了，珠海的树叶还是那样茂盛。人很少，可以清晰地听到树叶里鸟儿的歌唱与问答。我的心也慢慢平静下来，安宁了，甚至弥漫成一种微醉。

两天后，我的病就好转了。在床上躺了两天，我的大脑从迷糊渐渐变得清晰了。我决定离开珠海。我想去北京。我不知道未来是个什么样子，但珠海没有我的未来。

妙妙去上班，我陪她的哥哥嫂子去菜场买菜。她的哥哥已经从中山大学毕业几年了，换了好几份工作，总不喜欢。整天乐呵呵的，和长得比他高大的妻子不时地打闹。一路走，一路聊天。我们说了很多。妙妙的哥哥知道我会离开珠海。他说，没有关系，你就把这里当成自己的家。什么时候，你想走了，你就走。你们年轻，你们谁也不知道谁的未来。

妙妙也知道我要走了。她躲在房里不肯出来吃饭。后来出来了，看也不看我一眼，不再跟我说一句话。

妙妙的妈妈一样热心地给我夹菜，对我没有丝毫的冷淡。第二天，我就要离开湾仔，回到珠海市区。我去敲妙妙的门，想说点什么。可是她不理我。

妙妙的小哥哥下晚班回来，看我还坐在床上发呆，就热心地拉我去外面的排档。他不停地给我开啤酒，一个字不提我要走的事，也不提妙妙。就好像我们是多年的好友，好像我们还会日日相见。

我又回到珠海的拱北。我在没有任何头绪的情况下，硬生生地告辞了。我没办法在妙妙家再住一天。妙妙是不理我，可是她的家人，每一个，都更加地关切我，倒像我是他们家的儿子。他们甚至去责怪妙妙的不懂事。

我到拱北的这天晚上，天气就变了，风雨交加。我没有去处，也没有雨伞，背着包，在街头信步走着，像一个心态很好的、自信的流浪汉。后半夜，我走到拱北的公交车停车场，找到一辆没关好窗户的汽车，钻进去，在最后一排的椅子上躺下。雨一阵接一阵打在窗户的玻璃上。我没有想明天。我匆匆睡去。

我上午去香洲的人才市场，中午去公司林立的吉大国贸中心，下午在拱北的街头闲逛，这样就把整个珠海全走过来了。晚上就到拱北一个公交车的停车场，找一辆汽车睡觉。后来，终于在一家名叫金海岸的房屋中介公司找到一份工作，总算有了个安身之处。晚上别人下班，我把办公桌一拼，当木板床。

我的工作就是带人去看房。

我工作的地方离妙妙的拱北商场很近，走几步就到。我没有去看她。

1994 年春节前，我收到南大作家班的录取通知书。

在南京有了一份相对稳定的工作之后，我给妙妙打过电话，电话是空号。我问过妙妙家的地址，说拆迁了。我还查了“114”，可是没有这个私宅电话。

但我知道，她一定还在珠海。

1994

1994 年大年初一，我夹在春运的人潮中想家。有人说，春运是世界上最大的人口迁徙。这不只是一种文化习俗，它是被搅动起来的巨大的中国才会形成的奇观。

一个没挤上火车的人

1993年大年三十的前一天，我从珠海到广州，赶乘火车回家。当天没买到票，天就黑了。一队巡逻的人跑过来，把广场上的人群驱赶出去。

我回家的路费是向朋友借的。舍不得去住旅馆，原本打算在广场坐上一夜，没想到会被赶走，只好背了包一直往前。

没有亲身经历过的人是想象不出这么个壮观而凄凉的场面的。已经是除夕的前夜了，火车站附近的路边、公园、高架桥下的空地上，挨挨挤挤全是人。许多人已在这里坐了几天了，像无家可归的难民。在一个不知名的公园门外，我靠墙坐着，一觉睡到清晨，响着音乐的洒水车过来都不知道，被冷水浇了一头一脸，才醒过来。

第二天，已是大年三十，广场上买票的队伍依然长不见尾，一动不动。天渐渐黑下来，我知道，又无望了。我背了包，跑到窗口，想看个究竟。售票的窗子开着，里面一个穿着制服的女人端端正正地坐着，并不售票。再看别的窗口，也是一样。是票卖完了么？怎么没贴告示？为什么还开着窗口，让一广场的人傻傻排队呢？正疑问，几个带了臂章维持秩序的人走过来，恶狠狠地让我到后面排队。

一种荒谬感涌上心头。我离开火车站，重又回到那个不知名的公园边上，坐下来，这是昨晚睡觉的地方。

夜深了，被驱赶的人们，蔓延到了这个不知名的公园边上。半夜 12 点多，忽然被孩子的哭声惊醒。昏暗的路灯下，一对年轻的夫妇，轻声哄着孩子，小女孩 6 岁多，揉着眼睛大哭，怕是被噩梦缠着，醒不过来。妈妈抱在怀里拍着、拍着，孩子哭声低下去，睡了。

我睡不着。老家这会已在放新年的鞭炮了吧。老家的习惯，子夜一过，便立即放鞭炮祈福，放得越早越有福。父亲其实夜里 12 点前是不睡的，守着时间，放了鞭炮，上了香，再睡。

我跟弟弟睡一张床，一颠一倒。大年初一，天刚亮，便默不作声地起床，新棉袄、新裤子、新布鞋、新棉袜。我和弟弟互不搭理，一句话不讲。为什么？新年开口第一句话就得拜年，而拜年，必须按长幼次序来。

先到爷爷床前：“恭喜您，爷爷。”“恭喜您，爷爷。”“恭喜你们。”爷爷咳嗽一声，从枕头底下掏出两个红包，一人一个。拿了，飞跑到父亲房间：“恭喜爸爸。”“恭喜你们。”爸爸妈妈的红包年三十晚上就给了，给了其实也没什么意思，过了年还得还给他们。爷爷的就不要还了。这时候，弟弟还是不跟我讲话，因为还没给妈妈拜年。妈妈在厨房，早饭已经做得差不多。“恭喜妈妈。”“恭喜你们，相公。”妈妈说。“恭喜你，哥哥。”弟弟终于回过头跟我说。这是一年中，他唯一一次喊我“哥哥”。

我点点头，摆出哥哥的样子：“也恭喜你，弟弟。”我也是唯一一次喊他“弟弟”，平时都是互喊名字。

我靠在墙根底下想着这过年的事，那小女孩又哭起来。我回过头。孩子的爸爸朝我歉意地笑笑：“孩子几天没睡，受苦了，做梦呢。”我点点头：“也没买到票啊？”“票买到了，没挤上车。”“啊？你怎么买到票的？窗口根本不卖的啊。”“窗口是不卖，我们开始也不知道，后来听人说要去住宾馆，宾馆能帮买票，贵一点。”“这样啊！你们住哪家宾馆？”

在离火车站不远的一家叫“环西”的招待所交了住宿费、车票费、手续费，终于拿到车票。看了看发票，上面随便写了个日期。我并不在意。

我很高兴地抓着票进到候车室，愉快地坐在包上等火车。忽然走过来一个穿制服、没有戴帽子的人，让我把票拿出来，说是查票。我很笃定地说：我有票。我把票递给他。他一拿到票，抬脚就跨到了长椅的另一面。我大喊起来：“有人抢车票啦！”那人隔着椅子站着，并不走，对我说道：“再喊就撕掉。你拿100块，就还你。”喊是没用的，候车室又吵又乱，没有人管。也没法去追，因为我不能扔下我的包。我没有100元，我只有50元。他接过50元，把票还给我，一转身，立即消失在人群当中。我死死地握着票，呆子一样坐着，努力不肯流下泪来。

大年初一，去南京的火车一动不动地停在站台。人山人海，

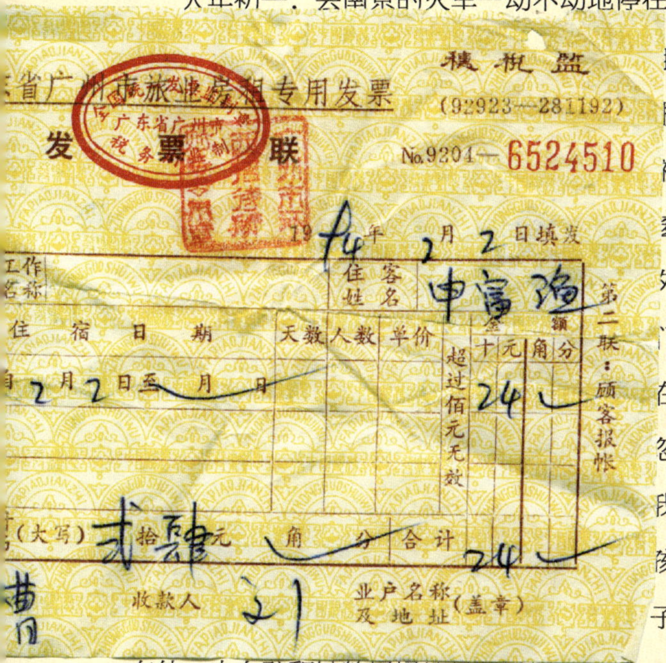
省广州市旅业房租专用发票
（92923—281192）
发票联
No.9204— 6524510
19　年　月　日填发
住客姓名
住宿日期　天数　人数　单价　金额
超过佰元无效
第二联：顾客报帐
（大写）　拾　元　角　分　合计
收款人
业户名称及地址（盖章）

我不要命地往上挤，终于挤上去，被扁扁地卡在一个窗子的边上，脸朝外。火车缓缓启动，门关上，许多人跟在后面跑着、跑着。忽然看到昨晚坐在我边上的那个小女孩的父亲，跟着车子，拼命奔跑。只有他。小女孩和她的妈妈怕是已经挤上了车。

火车越来越快，年轻的父亲跑着、跑着……这是1994年的大年初一。

1994

1994 年，一颗新发现的彗星破裂为碎片，以每秒 60 公里的速度，激烈而频繁地撞击着木星。人类自从望远镜发明以来，第一次看到了如此大规模的天体相撞，这成为这一年最激动人心的标志。现在回忆起来，似乎就在那一瞬间，我的大脑产生了异乎寻常的呼应，人与世界、人与他人、人与自身的联系忽然变得丰富而细致，也因为此，我开始了日后越来越惯于自省的人生。

一个有气质的人

1994年的春天，我考进南大作家班。到了秋天，原先不多的积蓄，也用光了。我找了个“家教”。

学生是个才10岁的女孩，黑黑瘦瘦，梳着根长辫子，有点怯生生。一见面，她妈妈就说：“一个人，气质最重要。你是大学生，又是作家。我想请你帮她提高气质。”我吃一惊，几个月前，我还是四处流浪的农民工，同宿舍的作家同学，刚见面就猜过我的职业，最好的也就是开小汽车的司机。我说：“气质一时也看不出来。我还是教点课本上的东西，或者教教怎么写作文吧。”

孩子的妈妈摇摇头。“我找你，就是为了提高气质的。”我想了想，同意了。谈好一周一次，每次15块钱，教两个小时。

我们到南大北园的一个小树林里，找一张石椅坐下。这也是孩子母亲要求的，她说她喜欢校园的感觉。我先教孩子的，是一首《蒹葭》。这是《诗经》里的一篇，我比较熟。怕孩子不明白，我就说："琼瑶有一首歌叫《在水一方》，你听过么？就是用这首诗改编的。"孩子摇摇头，我看了一下她母亲。她就站在不远处的一棵树下，不经意地点了点头，又装作看风景。我说了几段《世说新语》，接着又谈宋词。宋词我拿手，上中学时我抄过一学期。

两个小时总算熬过去，我一头的汗。孩子的母亲把钱递给我。我送她们出去，边走边聊。到了校门口，她跟我说："我下岗了。其实我其他条件还可以，就是没气质。我怕女儿长大了，跟我一样。下个星期，我们还在这个树林里见。"

我捏着刚拿到手的 15 元钱，去了校门口的书店，想找一本关于气质的书。翻了几本，都像是在说气功。我想，我再也不能教什么气质了。我都胡扯了些什么啊，完全是个骗子。我买了本注音本的《诗经》，打算下次一见面就给孩子，然后说再见。

我必须另找一份工作。我已经困窘到什么地步呢？夏天过后，我只剩下两件完好的衬衫，一件白的，一件蓝灰方格的。蓝灰方格的这件是全棉的，不只是穿着舒服，而且，显气质。有时，第二天要去找工作，或是要见一个我觉得重要的人，我就连夜把这件洗了，拧得干干的，挂到窗外去晾着，第二天接着穿。秋天的天气，有时会突然冷一下，我就在蓝灰格子衬衫的里面，再穿一件睡觉时的棉毛衫。

星期五下午下课回到宿舍，我立即脱下衬衫，光着膀子去洗，因为明天母女两人要来上课。虽然我已经决定不再教了，但还是希望最后能给他们留下一个“有气质”的形象。

在搓洗的时候，我忽然发现蓝灰格子衬衫的背部，有一个洞。洞是用香烟烫的，有一元钱硬币那么大。坐在我后排的同学，或许是因为上课无聊，才细致地花很长的时间，烫出这样一个很圆的洞。我没在意是谁坐在我的后面。我不知道是谁，我也没法去问。

肯定是没法穿了。我拿着衣服，咬着嘴唇，手有些抖。我仍然洗好，拧干，晾出去。我舍不得一下子扔掉。在干了之后，我就盖在枕头上，当枕巾。

我在北园的小树林里等到来上课的母女。我把孩子的妈妈拉到一边，跟她说：“你能不能先给我 100 块？我有急用。下回上课，就不用每次给了。”她说，她没有。她说她明天会给我送来。

第二天，我用她送来的钱，又买了一件衬衫，是一件普通得不能再普通的白的。为了这件衬衫，我像个骗子一样，又给她们上了两个月的课。

那个小女孩，如今也将近 30 岁了，不知道现在的她，是否已如她母亲所愿。

1995

1995年，香港“四大天王”令人如痴如醉，内地的摇滚乐队让人血脉贲张。听天王还是听摇滚，成为愤青们判断“庸俗”与否的标准。庸俗，这几乎是比诸如阴险、狡诈、残忍、狠毒更不能忍受的词儿，狂放不羁成为一类人的共同符号。

彼时，我上了南京大学作家班。两年间，我几乎没写出一篇文章。原因无法启齿，竟是由于一下子认识了这么多的作家，有本班的，更多的还有前几届的、外面社会上的，作家如此之奇形怪状，让我眼花缭乱。到学期结束的时候，我竟有点想放弃这个理想。

一个不谈琐事的人

阿切是我刚到南京时认识的朋友，他经常在凌晨一点的时候，召集我们去爬紫金山，说是“与狼共舞”。手电筒为号：“从龙脖子路上去，看到有人用手电筒画一个圈，再在中间一点，那个点，就是我。”这个信号也有含义，是甲骨文的“日”。

有一天，约好晚上一起去看崔健的演唱会。阿切在机关里工作，我到他的办公室里等他。他的同事个个都穿西服打领带，就他一个，不知道从哪里弄了一套绿军装穿着。我问他，你这是干吗？他说，晚上喊口号才带劲。“你平时打不打领带？”“我又不是海军，要飘带测风向。”我哈哈大笑，才笑了两声，立即止住。回头看看安静坐着的其他人，并没有人诧异地看我不得体的喧哗。走的时候，看到阿切玻璃台板的底下，压着一张纸，上面用仿宋体写着：“不谈琐事；不谈金钱；不谈女人。”我立即明白，同事们为何对他的朋友见怪不怪了。阿切说，这是对自己的一个逼迫。“士不可以不弘毅，任重而道远。”

我跟许多朋友都说了阿切的这个座右铭，大家对他陡生敬意。许多女孩也放心参加他的“驴友会”去远游，并且喊他“带头大哥”。阿切应该算是第一批“驴友”。他的足迹遍及江苏、安徽、浙江，甚至远达江西，开辟了许多穷山恶水的处女游。因为他在旅行中高昂的斗志、无私的精神，还有一张充满激情又故作忧郁的脸，让我们想到了切·格瓦拉，于是我们都亲切地喊他“阿切”。

最后一次跟阿切去玩，是去黄山旁的一个小镇。几个人，在录像厅看完一场电影出来，正是黎明前最黑的时刻。街上空无一人，几盏发出晕黄亮光的路灯，拖着电线，从灯杆上吊下来，像斩首示众的头。巷子口偶有走过的人影，也像是满怀歹意，几个女孩的脸上显出恐惧。阿切说，想不害怕，只有让别人害怕。说着，戴上衣领后的帽子，装作“雨夜来客”，咬牙切齿地大声嚷道：“肢解，肢解。”然后发出一连串的磔磔怪笑。在他的怪笑声中，一家早点铺卸下门板。于是几个人扑过去，等包子出笼。

我们是坐着名为“马自达”的残疾人车离开这个小镇的。在镇口，一个白发的老太倒在路边。我说，快停车。阿切摆摆手，“马自达”继续前行。阿切回过头来，满怀悲悯地对我说：“世界就是这样，每一天都充满苦难。”我终于没有下车。事后对自己有些鄙视，对阿切也有了怀疑。在这之后，两人的联系也就少了。

先前跟阿切一道出游的女孩们渐渐结婚生子，阿切又换了年轻一代出游。有一天，听朋友说阿切娶了一个比他年轻好多的长腿女孩。

“驴友会呢？”我问他。

“解散了。”

我算了一下，这个“驴友会”，阿切坚持了10年。虽说最后娶了他想要的女孩，却不能说这是他当初的目的。当这个潮流衰退的时候，他不过是恰巧有了个完美的收场。

再见到阿切是在南京大学的后门，我刚刚停好车，他迎面走过来，后面跟着一个漂亮的长腿女孩。他说：“买车啦？”我说：“买了。”握握他的手。他没有向我介绍他的妻子，皱着眉对我说：“走路不好么？你看，空气被污染成什么样子了。”我说：“我这是辆二手的富康。”他摇摇头。其实我也赶时髦，在报纸上、电视上，四处宣扬生态与环保，只是没他彻底。他身穿一件布纽扣的灰色唐装，脚上是一双圆口的布鞋，每个星期去紫金山上捡一次垃圾。没事的时候，就骑自行车到路上去数梧桐树。我跟他寒暄两句，赶紧灰溜溜地跑掉。

2008年，汶川大地震过后一个月，阿切给我打电话，问我在哪。我说在家。他说，我就在你家附近，来看看你。阿切敲门进来，我给他倒了杯水，两人在窗前坐下。阿切的脸色不好，嘴角的胡子没有刮净。他叹了口气说：“离了。”

我楼下就是铁道道口，突然，一声火车的长鸣打断了他的话，之后，又是一阵没完没了的车轮撞击铁轨的声音。等火车远去，阿切还盯着道口看，说：“你这里倒像回到热火朝天的工业时代。”然后又沉默地坐着。我努力说了几句安慰他的话，他一言不发，眼睛还是看着窗外的铁轨，好像在等着下一列火车。我又说，最近在报纸上看到了他的一篇旅游悬疑小说，写得真好。我甚至说出了其中的某个细节。我知道，这是他在意的。然而他还是不接话。坐了10分钟，终于又来了一列火车。他在空气的战栗中起身告辞。

碰到一个“驴友会”的老友，才知道阿切离婚的详情。他的妻子有天翻看了他的日记，发现他在日记里，细致分析了每个同游女孩对他的感觉。妻子说他“变态”。其实，这是普通人的常态。只不过，这个“常态”与阿切平日的“形而上”有一个大的反差。

妻子搬离他住处的时候，天下着雨。阿切没有送她。一个“恰巧”来玩的阿切的好友，帮她扛了行李送下楼。这个人，后来成了她新的丈夫。

3年多过去，阿切只发了一条短信给我：“各位好友，我已被任命为本部门主任（正处级单位）。”我把信息保留了很久，一直不知道如何回他。

1995

1995年，一个后来回想起颇有曲终人散、暧昧怅惘的年份。我读了大学，虽然只是作家班，毕业了当然不能去做多年来一直做着的苦力，但一份坐办公室的工作又遥不可及。我在一家杂志社实习，留下来的希望很小。因为一时也找不到更合适的地方，只好待着。社会状态下的我、我内心的我，分裂开来。这比以前的不认命，还痛苦。

一个在轮船上聚了又散了的人

我第一次乘轮船是在1995年。那时我在一家名叫《世纪风采》的杂志实习。因为省钱，或者别的原因，主任让我从南通采访回南京时坐轮船。轮船晚上从南通开出，第二天早上才到。

客舱里，对面的胖子在不停地啃着猪尾巴喝酒，头顶的人鼾声如雷，我只好到外面走走。

远远听到一阵音乐的喧哗，循声过去，原来船上的餐厅改成了舞厅，里面已经有许多人。我走过去，站在外围看。原本学校里的体育场，每个周末都有舞会，我也去过好几次，每次也是站在外围，只是看，从来鼓不起勇气，请一个女生跳舞。我只会在宿舍里抱一张板凳，学着跳。

听了一曲又一曲，虽然我身旁就站着一个女孩，我丝毫没想到要请她跳一曲。我的打算是，等舞会完全结束了，回船舱睡觉。

舞会持续的时间越长越好。

站在我身旁的女孩，半长不长的头发，微微有些卷曲。瘦身的白衬衫，配上齐膝的短裙，显得亭亭玉立。旋转的灯光一会儿明、一会儿暗，让我无法看清她的面貌。她一直在我旁边站着，一动不动。如果说慢三、四步舞曲时，她没下场是因为没有人邀请，可是跳迪斯科的时候，她也不下去。我对她有些好奇。我一会儿看她，一会儿望一望舞池里的幢幢人影。这样看了七八次，终于忍不住，我对她说："可以请你跳个舞吗？"她看了看我，没有说话。我迟疑了一下，接着又说："我还从来没有正式跳过。"她问我："什么叫做没有正式跳过？""我只抱着板凳跳过。"她笑起来，幸好音乐压住了笑声，没有引起别人的注意。她把手伸给我。

我牵着她的手走到舞池里。站立着，一动不动，寻找着音乐的节奏。节奏找到了，刚要起步，又迈错了脚，只好又立着不动，等下一个节奏。她看着我，又笑了，露出一个浅浅的酒窝。她动了动手臂，示意我跟着她。我就跟着她。我不知道她竟是跳得这般的好。慢慢地，我放松下来，由着她带我滑行。我觉得我已经踩住了节奏。我紧紧地挽着她的腰，飘行着，像是在飞，又像在水面上滑翔。这对于一个从来没有跳过舞的人来说，实在是太奇妙了。当音乐停下来的时候，我忽然很舍不得放开她的手。我希望音乐立即响起，在她还没有抽出手的时候，立即开始另一首曲子。然而音乐还是中断了。她虽然还在我的身旁站着，可是我们中间已经隔了一个拳头的距离。

又一首曲子响起的时候，我再次邀请她。虽然嘴里在说着委婉客套的词语，同时已经牵着了她的手。她稍一迟疑，又跟我走下舞池。当我们跳到第三首曲子的时候，她和我之间的距离慢慢地消失了。她的脸靠在了我的肩上，呼吸连着我的呼吸。我放在她背部的手，细微地感觉到她轻轻的颤抖。即使在一曲终了之后，我们退到舞池的边上，手还是牵在一起。直到下一曲，我们什么也不用说，又直接走进舞池。

又是迪斯科，我们终于分开。

迪斯科后，她离开了我。我怅然若失地看她穿过人群，向远处走去。隐约看到她走到音乐台上，跟 DJ 耳语。她拿起话筒，音乐响起。她说："我把这首《祝你平安》，送给我的舞伴。"

人们随着她的歌声，一双双重又走进舞池。我一动不动地站在人群之外。在斑斓的灯光下，她一只手搁在旁边的桌子上，一只手握着话筒。她的声音略带沙哑，一首平淡的歌，却被她唱出了许多愁绪。

在她唱完这首歌之后，我们没有再跳舞。我们一起走到船头，靠栏杆站着。浪花一波一波地被船头推开，在月光底下无声地翻飞。我告诉她，我是一个学生，正在一家杂志社实习。她说，她也是回南京。我们的声音像是耳语。不知不觉中，我们轻轻地拥抱在一起。她的鼻子十分挺拔，有着德国女人的风姿。眼睛是琥珀色的，黑瞳如两面互照的镜子，显得无限深远。她吻我，我也吻她。

夜已经很深了。她终于跟我说，再见了。我说，再见。我们一起走进船舱。她朝我挥挥手，消失在冗长的甬道之中。

船在下关码头停靠的时候，已是黎明。人群像潮水般从轮船涌出来。我一边被人流推着往前，一边踮起脚尖，四处张望。

我突然看到了她。她就在我的眼前，离我只有 20 多米，中间却隔着无数的人。她回头看着我。她的旁边，是一个不相称的胖胖的男人。她挽着他的胳膊，随着他向前，又扭着头，努力地看我。清晨的阳光下，她的脸白得像要透明一般。人流又一阵涌动，她一下子就被淹没了。她再也没有出现。

1996.

1996年，1月19日，南京发生了一起碎尸案。一个扫大街的老太太，清早发现了一个黑色塑料袋，里面是一袋碎尸。警察随之进行了地毯式的排查。一时之间，南京城人心惶惶。死者是南京大学大一的学生，据说喜欢听齐豫、王杰的歌，爱看《辽宁青年》。当时我正在南大上学。16年过去，案情没有丝毫进展。倒是网上，至今还常常冒出种种骇人听闻的后续。

一个卷进了碎尸案的人

南京大学曾经发生过一起凶杀案。一名女生夜出不归，被肢解了，用塑料袋装着，扔在马路边的雪地里。据说她死前曾跟某个作家有过来往。

当时我是中文系作家班的学生，正在湖南路上的一家杂志社实习。我希望毕业后，能够留下来工作，所以格外勤勉。

有天下午，杂志社来了两个中年人。他们先没找我，而是跟杂志社领导密谈了半天。喊我进去的时候，领导表情凝重地看了我一眼，出门回避了。

来人见面就对着我阴恻恻地笑，问我有没听说凶杀案的事。我说听说了。怎么听说的？听同学讲的。哪个同学？我知道情势紧张，就如实说了那个同学的名字。后来我再也没见到这个同学。显然他并不是凶手，因为将近 20 年了，这个案子还没有破。当时的我，毫不迟疑地就出卖了他。接着，他们又提出两个日期，让我回忆，那两天在哪，做什么了。时间节点是按半小时算的。我想了半天，总算回答了，然而还是不全。他们又朝我无声地笑，写了个电话号码给我，让我想起来了，打电话。他们一出门，我就把号码撕了。

他们刚走，杂志社的领导就让我去他办公室，很鬼祟地把门关上，兴奋地盘问我。他的盘问要比公安局的同志细致得多。他不只问我那几天的行踪，还问我每个同学的情况，包括女同学。最后又问我恋爱了没有，一般怎么约会的。我觉得他过了，没有回答。问他是不是差不多了。他说："你先出去，我再想想。"我不知道他要想什么。

回到办公室，气氛就显得异样了。大家看我的目光变得颇为诡异。我知道，我已经跟那桩凶杀案扯上了关系。我去找平时熟悉的一个同事搭话。他生分地说，啊，作家啊，什么事？我说，我不是作家。他说，你怎么不是作家？我说，我是作家班的，作家班的并不都是作家。我就不是。我从来没有发表过一篇文章。我算什么作家？他说，发文章也不一定就是作家，这无所谓。他说这话是别有用心的。现在"作家"这个身份，特别是跟南大有关的"作家"，是个很危险的词。

第二天一上班，领导又把我喊到他的办公室。他吸了一口烟，朝窗口的方向吐出去，然后把抽了一半的烟，在烟灰缸里掐灭，朝我点点头说：“学校里怎么样？”我说，是不是他们让你问的？他不回答，大有深意地笑了笑：我们随便聊聊。我想，聊就聊吧。聊到后来，又问我谈恋爱的事。对这个我很烦，因为我真没有谈。其实这也不能怪我。刚进学校，系里有老师就告诫中文系的女生：少跟作家班的来往，基本都是流氓。同班女同学呢，又纷纷找社会上的作家谈。

晚上，我回到南大 4 舍 315 室。其他几个同学都有工作，各有去处，只剩下我一个。突然有人敲门。是两个人，又说是公安局的。我立即显得惴惴不安。虽然我跟凶杀案一点关系没有，可是公安局的人几次三番来找我，情况就严重了。我说，已经有人找我谈过了。我的神情非常慌乱。两人相互对视了一下，一人在我对面铺的床板上坐下，说：“来，我们再谈谈。”另一个人在宿舍里四处走动，一会爬到上铺，一会钻到床下。对面的人，一边不停地提问，一边紧紧地盯着我的脸看。

他们走了之后，我觉得十分恐惧。我觉得我已经深陷在这个凶杀案当中。睡到半夜，我忽然从梦里惊醒过来。醒过来了，还在害怕。我就把电灯打开，抱着被子，坐在床上。我梦到我的手、胳膊、腿和身体，变得特别肿大。

第二天上班，我才刚刚坐下，领导又从他的办公室出来，朝我招招手。我硬着头皮过去。又东拉西扯了半天，领导跟我说：“怎么样？要不要我帮你找公安局的领导打个招呼？”我吃惊地看着他，不知如何应答。

下班回来，我到宿舍里收拾了东西，当晚就住到一个朋友那里。我再也没有回南大这个宿舍，也没有回那个杂志社。

1996

1996年，我从南大毕业后，根本找不到工作。又想起离开珠海时的想法——到北京漂去。为什么都用“漂”这个字？北京是大江大河，我们是水里的鱼，漂着漂着，就遇见了同类，或擦肩而过，或同行一段。然后，一些人从此相忘于江湖；另一些人，再次相见，沧海桑田。

一个故意被捕的人

1996 年，我在北京中关村卖“杀毒软件”，海晏是我的同伙。那时他年轻漂亮，白天卖软件，晚上到高校里的舞会上混，最常去的是“北航”。我陪他去过一次。他的舞姿跟别人不一样，学的是电影《变相怪杰》，特别惹眼。然而就靠这个，竟交到了女朋友小丽。在此之后，他经常会找个借口，吞掉该分给我的钱，然后又跟我掏心掏肺。我没办法翻脸，心里却很恼怒。他去找小丽，我呢，就一个人窝在住处打“三国”。我用我的名字登录了一名武将，每晚打到“名闻遐迩的申赋渔死了”，才关机睡觉。

有天半夜，海晏风风火火地推醒我。他说，他们下午去了紫竹院公园。在个小亭子里，他吻了小丽。吻完小丽就哭了。“没想到是她的初吻。我明天就回南京找父母要点钱，把房子装修一下，等小丽一毕业，我们就结婚。”“你跟小丽讲好了？”“没呢。

你帮我给她写封信，写好了，我来抄。”我振作精神，给他写了一封2000多字的长信。我看了一下，很满意，有“汉大赋”的味道，可惜是替海晏写的。

这一年的秋天，我也回了南京，在新街口卖一种名为“美丽”的胶囊，号称女人吃了更年轻。海晏不知怎么找到了我，拉我到他装修好的新房做客。海晏结婚了，新娘并不是小丽，是他从小的邻居。新娘像个大姐姐，带着一脸宽厚的笑给我们烧蹄膀。吃过饭，海晏问我能不能介绍他去卖“美丽”胶囊。他说这半年来，就干了结婚一件事，闲得慌。我一边使劲地擦着手上蹄膀的油腻，一边朝他点点头。

我考取电视台的摄像后，才介绍海晏接替我的位置。他经常会来找我聊天。有一次，他喝多了，带了小丽给他写的一封信，哀伤地给我看。信只有一张纸，纸上密密麻麻写着：“想你！想你！想你！”“那你们怎么分手了？”“嫌我穷，没钱。你还记得吧，我连送她花，都要拿你的钱。她一毕业就没消息了。我去北航找过她。宿舍里换了人。没人知道她去哪了。”“你不等等？怎么这么快就结婚了？”“我回南京后病了一场。我现在的老婆天天来照顾我。她年纪比我大。反正房子都装修好了，顺便就结了。”

有一天，经理突然气急败坏地打电话给我，约我在“海致岚”茶社见面。经理说，你介绍来的那个海晏，是个什么朋友？他竟然到总公司去举报我，说我贪污。他根本搞不清情况。经理直叹气：“我拿你当朋友，也拿你介绍来的人当朋友，他却在背后捅我刀子。”我给海晏打电话。海晏的口气像个侠客：“他这个人，本该是大家的钱，他一个人留着。我是看不下去的。”

经理辞职不干了，公司关了门。海晏又回家赋闲。这一闲，就是三四年。

再次见面，是在一个朋友的婚礼上。他握着酒杯，跟我旁边的客人换了个位置，挨着我坐下。海晏剃了个小平头，气色很不错，或许是喝了酒的缘故。他说他在炒外汇，而且帮客户炒。他热情地跟满桌不相干的人碰杯，谈财经。等婚礼结束，好几个人对他已颇有敬意。他说他肯帮我：“钱在你账户上，我动不了。我只帮你炒，不拿一分钱的佣金。我们多少年的朋友了！”我说是的是的，等有了钱，一定找你。

在这之后，海晏又常来找我，每次来，都不空着手。有时是一壶油，有时是一盒桂圆，有时是一盆开得正艳的花。我想，他大概是要洗掉我对他贪钱的印象。没多久，海晏就跟我的几个同事混得烂熟。同事们都说他豪爽、讲义气，是个好玩的人。“我们饭吃到一半，喊他来，他来就抢着把钱付了。”“有次我跟他讲着玩，让他到飞机场接我。下了飞机，他真在出口处等着。”“我说，茶叶喝完了。第二天，他就送了两盒‘大红袍’来。”看到海晏的做派，我常常会愧疚地反思。他其实是个很潇洒的人，有钱大家花，没钱了，用别人的，也不在意。反倒是我有点夹生，小心眼。特别是在钱上，要跟人算得明明白白。

到了年底，据说外汇波动很大，很多人都吃了亏。整个春天，都没见到海晏。有一天，海晏脸色苍白地上楼来找我，向我借钱。他一脸的痛心疾首："我真是鬼迷心窍，看到人家打牌，手痒，上去赌了几把，没想到一下子就输掉两万多。他们有黑社会背景，押着我来还钱，已经一天一夜没让我回家了。"说着用手指指窗外。楼下停了一辆黑色的小汽车，车门半开着，一个光头斜靠着车身，慢悠悠地抽着烟。我说，报警吧。海晏说，不能报，不能报。报了，我就完了。我说，我没钱。海晏惶恐不安地坐在我的座位上，不时地伸头看看窗外。我想了想，给他妻子打了个电话，我说："海晏在我办公室，你马上过来一下。出事了。"等海晏拍下我的电话时，我已讲完。他气急败坏地朝我嚷道："你害死我了。这下完了，准定要离了。"

他妻子来了之后，我大致说了情况。她宽厚的脸冷若冰霜，跟我说："不是第一次了。"然后平静地领着海晏走出门。海晏垂着头，默默跟在后面。我一直站在窗口。他们上了那光头的车，车子弹簧般开了出去。

时隔不久，听说海晏醉驾被抓了。一位熟悉情况的同事说：

“他喝了很多酒，把车子停在家门口的马路上，像是故意在等警察。”

我心里一拎。在中关村一起卖“杀毒软件”时，有几次，在他私吞了我的钱之后，我曾冒出希望他被警察抓去的念头。我早就原谅他了。万万没想到，那个歹毒的想法，在10多年后，竟变成了现实。

1997

时光雕刻的，不仅是容颜。我对人世沧桑的感慨，来自于这两年遇见的一个一个人。几年、十几年下来，原来的形象被一层层覆盖，看不分明，却又明明还有印迹。于是，面前的人失去了清晰度，变得柔和而模糊。这不免让人感伤，感觉类似看了一场旧电影。哪怕是最最空洞的旧电影，也总会让人伤怀的吧！

一个变成了绅士的人

胖子从澳大利亚回来，我几乎认不出他来。他不只是瘦了许多，人也变得谦恭有礼，跟先前那个狂放的他毫不搭边。

我是 1996 年认识胖子的。那时我刚到电视台当记者，和胖子搭档。胖子因为长得高而宽，像一头笨拙的狗熊，我们都喊他胖子。我们两人，一个扛摄像机，一个拿话筒。拿话筒的负责写稿子，扛机子的负责后期剪辑。不过后来发生了两件事，终于让我与他分道扬镳。

那天下午，我们受指派，去参加一个单位的活动。全城来了七八家媒体，一一到一张桌子前签到。和往常一样，我没有签，悄悄绕过去。一般来说，签到时会拿到一个信封，里面有一份关于报道的材料和几百元钱。有的记者专门追逐这样的机会，我们叫赶场子。我和胖子有默契，只做记者，不赶场子。谁知这一回，胖子竟一反常态，跟着其他记者，在签到簿上龙飞凤舞地写下自己的名字。工作人员递给他一只信封，他快活地接了过去。

胖子没有像别人那样，悄悄把信封往裤子口袋里一塞，而是当场打开了。他从信封里抽出两张百元的票子，在手上抖一抖，故作惊讶地嚷道：“这什么玩意儿？”现场的气氛一下子就凝固了，前前后后的记者都怪异地看着他，工作人员也呆在那里，不知道说什么。胖子把钱塞到她的手上，说：“没必要，没必要。”说完拎着摄像机，旁若无人地往会场走去，走到我旁边时，还使劲地用他的胖手拍拍我的肩膀。

回去的路上，我对胖子说：“何必呢。”他看看我，一笑。自此之后，我们只找那些没人会给钱的新闻去拍。然而在一个多月后，又发生了另一件事。

市政府出了一个新举措，希望听到市民们的反映。也就是说，我们要到马路边上，拦几个行人，让他们说几句好话。这次是我扛摄像机，胖子采访。

我们站在明故宫附近的一条马路边上。胖子努力了半天，终于拦住一个骑自行车的。他把话筒递过去，很认真地问了问题。对方想了想，整理了一下表情，准备配合我们了。胖子突然爆发出一阵大笑。对方一愣，推了自行车，飞一般逃去。我扛着机子已经很累，发怒道：“胖子，你怎么回事？”胖子说：“你不觉得好笑？”

后来，我们便各自分开。自己摄像，自己采访，自己写稿。

那天早上，我领了摄像机，正准备出去采访。一个瘦高个的同事从我边上走过，跟我打招呼。我装作没听见。我知道他又是去赶场子。他不只自己去赶，有时候还带自己的女朋友去，而且会主动要好几份：我要给我们主任带一份，给司机一份。甚至有一次，他躲到厕所里，把带给他搭档的份子，抽出了一半。

“站住！”突然一声大喝。我和瘦高个回头一看，胖子奔了过来。他一把夺过瘦高个手上的摄像机，同时把手上一个破旧的摄像机塞给他：“你赶场子要这么好的机子干吗？啊？”瘦高个愣在原地至少有3分钟，一动不动。胖子扬长而去。这个受欺负的瘦高个，现在已经是一个部门的主管。

其实那天早上，胖子也不过是去采访一个来南京的电影明星。在一家豪华的会所，数十个记者团团把这个大明星围住，十分激动地问各式的问题。胖子挤过人群，走到她面前，把手朝记者们挥了半个圈，说道：你不觉得他们问的问题都很无聊么？说完，拖了把椅子，大剌剌地在明星面前坐下。明星一愣，真丢下其他记者，专心与他攀谈起来。采访结束，明星约他晚上一起打网球。胖子快活地答应了。事后得知，这场网球并没有打成。不知道是明星没来，还是胖子没去。

胖子最严重的一次犯事，是在那年的12月24日。他的任务是找个最热闹的地方，拍点过平安夜的花絮。谁知他竟翻墙进到一个不让进去的教堂里面。结果是他抱着摄像机，被关到派出所，直到第二天，才被电视台的领导领回来。

在这件事情之后，胖子在电视台又干了三四个月。有天中午，我正在解放路上一家叫“海林”的路边小店吃饭，忽然看到他斜挎了一只包，匆匆从门口走过。

我喊他：“胖子，这么急，到哪去啊？”

他停下来：“一个朋友有急事，问我借 7000 块。有急事。”

“你不是说，这钱准备结婚的么？”这是他在电视台工作了大半年的积蓄。

胖子咧嘴笑着，用手擦擦额头上的汗，挥挥手，快步而去。

不久之后，胖子跟随他新婚的妻子，去了澳大利亚。时隔 10 年，他回南京小住。他给每个朋友都带了一份小礼品；他尽量不去打扰朋友；有人给他倒杯水，他也一定要说声谢谢。他走的时候，我开着我那辆破旧的“富康”送他，他下车立即握住我的手，说“谢谢！”。我不知道狂放不羁的胖子在澳大利亚到底经历了什么，竟变成了一个绅士。

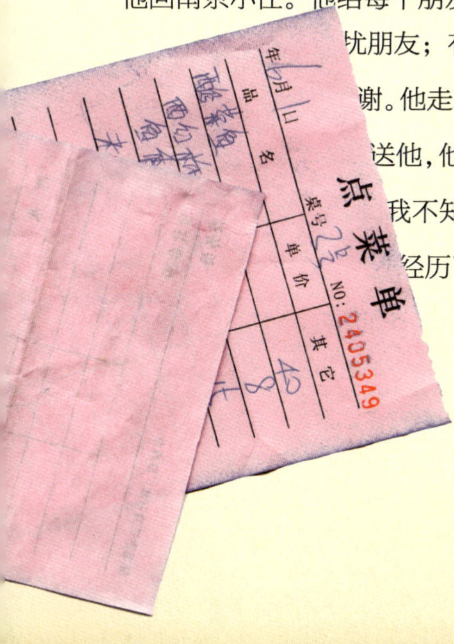

1947

1997 年，老郎失去了女友。一段爱情对于某些人而言，就是一生。

1997 年，我失去了工作。直到现在，我还常常会从梦里惊醒。我总是梦见，我落魄而无望地走在街头，生活是无底的黑洞。

一个半夜起来喝酒的人

胖子来南京，约了几个朋友在解放路一家咖啡馆见面。胖子说想拍部小电影。其他条件都有了，就缺男主角和钱。钱 50 万元就够。大家说，胖子，没钱你扯什么呢？胖子说，钱的事再说，最关键的是男主角。这个人要举止放荡，内心真诚。读过书，在生活中不甘堕落又不停地堕落……老郎道：“不就是我吗？”大家一起笑。我说：“老郎，你要演的话，就从 10 多年前，我们坐在城墙上发呆的场景拍起吧。”老郎连连点头：“好！好！从哪里拍都成。”

那时我们两人，一个失恋，一个失业，在城南的小巷子里瞎逛。看到一个租小人书的铺子，就各租了一本，坐在高墙的阴影里看。两个快三十的人，表情凝重地坐在一条窄小细长的小巷深处看小人书，显得十分怪异。

看完了小人书，又转，像没头的苍蝇。正是农历七月半，鬼过年。不时有人在小巷里烧纸钱，到处是明灭的余烬。不时有纸灰跟着我们，在头上飞。一条龇着牙的狗，远远跟着，也不叫。让人心慌。

我们改道去了中华门城堡，爬到东边一段已经颓圮的城墙上，望着秦淮河发呆。当时这段城墙还没修，到处长着灌木、杂草，十分荒凉。

我原先跟老郎不熟。他是我过去的同事胖子的朋友，也在电视台当记者。喊他老郎，其实他年龄都没我们大。他是女作家萧红的老乡，高中毕业后，在呼兰小城拖了两年板车，唱了一年二人转，又复读一年才考上大学。在班上当然年龄最大了，同学们让他当班长，并且尊称他为老郎。工作后，这称呼就带了过来。

有一天，胖子一脸疲倦地跟我说："我昨天被老郎喊去喝了半夜的酒。"我问："他有什么事？""他半夜醒了，推开窗户一看，说'如此月色，正好饮酒'，给我打电话。我就过来陪他喝到天亮。"我哈哈大笑。胖子说，明天晚上喝酒，你来。我说好，我来。

晚上的聚会在郑和公园边上的一家排档。我跟老郎坐在一起，酒喝到最后，老郎把脸凑近我，跟我咬耳朵，声音却奇大，舌头有点打结："你看，我这脸，是不是有点努尔哈赤的意思？""有有有。”我点头。他又说：“北京的‘郎家园’你听说过么？”“没有。”“没有？当年那是我祖上的菜园子！”

出了酒店，外面漫天飞雪。老郎挥挥手，说明天见，骑车跟胖子走了。过了好些天，我才听说，那天老郎跟胖子分手后，倒在半路睡着了。被路人喊醒，就扛着自行车回家。他把自行车放在床上，盖上被子，自己躺在沙发上睡了一宿。他把自行车当成胖子了。

我跟老郎混熟后不久，就离开了电视台。后来听说他失恋了。遇到老郎的这天，我们已有四五个月没见了。我天天夹了个人造革的包，四处找工作。当时老郎在电视台旁的路口等红绿灯，我喊他。我说，忙吧。他说，不忙。走走？好，走走。于是一个失恋的人和一个失业的人，爬到城墙顶上坐着。

老郎的失恋在电视台曾引起很大的轰动。他的女朋友是他的大学同学。他随女友来到南京。那时老郎意气风发，头发梳得整齐，衬衫笔挺，背只时尚的大包，每到周末就去女友家吃饭。我在建邺路上遇见他一次。老郎骑着自行车，女友坐在后面，双手搂着他的腰。我喊：“老郎！”他朝我挥挥手，风一般过去。梧桐树叶的碎影里，他女友的面庞一闪而过，一张简单平凡却十分幸福的脸。

女友跟他分手，是在电话里跟他说的。老郎正在编当晚的新闻，女友把电话打到编辑间。两人在电话里没说几句，“嘭”的一声，老郎倒在地上，话筒挂在线上直晃。胖子等人赶过来，捏人中，掐脚后跟，好不容易才把他弄醒。弄醒了，还起不来，赶紧送医院。

我跟老郎坐在城墙顶上，既没有谈他的女友，也没有说我的工作。我们谈文学。老郎说准备写一部长篇，小说的名字起好了，叫《小金手》。小金手是他在呼兰城拖板车时的女房东。我们没人提晚饭的事，一直谈论着他那部至今没有动笔的小说。月亮升起来，冷冷地挂在对岸雨花台的上空。老郎随口赋诗一句：“月亮如锋利的刀片/割破我的歌喉。”

我们从咖啡馆出来的时候，头顶又是一弯残月。各自的任务都已分好。我编剧，穆子导演，小丁摄像，老郎主演，胖子当制片人。老郎说：50万哪够？至少200万。这个你们不要烦，我来弄。我有个朋友，手上有一个多亿，一直要搞文化传播。

一晃一年过去，其中也见过老郎几次，有时得意，有时落魄。问他电影投资的事，他说，艺术是一生的追求。后来两次，我们就只喝酒谈新闻，主要谈国际形势。

老郎又好久没见了。

1997

1997 年，亚洲金融风暴爆发、生活作风不好的克林顿迎来了他的第二个任期、中国人喜气洋洋迎来香港的回归……在历史的大剧面前，个人的起起伏伏简直可以忽略不计，却偏偏因为宏大背景的衬托，更加难以忘怀。

有人说：小狗追自己的尾巴叫有趣，大狗追自己的尾巴就叫无聊。理想真就像那个永远逗着你转的尾巴。聪明的狗作罢了，跟猫儿抢食，躺在墙脚晒太阳，于是成熟了。执拗的狗，总被面前摇晃的影子弄得寝食难安、激动不已，竟然抵抗了衰老。各有各的选择，人生只有一次，因此谁也不知道正确答案究竟是什么。

一个摇摆在理想与现实中的人

我和行果都是1996年10月到电视台的。我曾经问过他，你这名字倒像个出家人，到底什么意思？他说，完全是儒家的：言必信，行必果。我觉得好，并和他立即成了朋友。

我们的办公室在中山东路上，靠近中山门。我们刚去没几个月，就碰到“砍树王”要砍这路边的梧桐树。因为反对的声音很大，估计白天不会动手。我跟行果商量，在风声最紧的几天，我们不如蹲守几夜，要是碰上伐木工人，就拿摄像机去拍，或许可以吓阻。

到第三夜，果然听到外面有异动。行果扛了摄像机，飞一般奔过去。粗大的梧桐树已经倒了几十棵了。我有些发呆，行果把机子对着工人们拍了起来。我走过去，跟他们说：谁让你们来的？这树不能砍，知不知道？只有一个工人抬起头，面无表情地看了我一眼，又低头操作他的电锯。电锯的声音撕心裂肺。他们对我们的拍摄，很无所谓。天亮了，大卡车开过来，把一棵一棵倒下的树拖走。人很快就撤光了。

行果把摄像机送回电视台，我回家。下午刚上班，行果跟我说，录像带被人要走了。我气急败坏地责问他："为什么让他们拿走？你复制了没有？"行果似笑非笑地看看我，说："你生活在真空啊？"

在这之后，我有相当长的时间没跟行果说话。

两个多月后，我因为另外的原因，从电视台辞职了。

那是个阴天，我刚刚下到一楼，抬头就看到了行果。他手肘架在楼梯的扶手上，人半悬在空中，从二楼，飞一般滑了下来。他拍拍我的肩，送我到门外，等我走得很远，走到中山东路的边上了，忽然突兀地长吟道："时不利兮骓不逝，骓不逝兮可奈何。"言者无心，听者有意。他这句话让我心里生出无限的悲凉。

中山东路上，刚刚砍去了两排高大的梧桐树，显出一种敞亮的凄惨。我想：这一走，跟行果他们，怕是一辈子也不会再见了，就又回头看了看。行果站在院子里，看到我回头，又朝我挥了挥手。

我租住在江宁路老虎头的一个小屋。上午出去找工作，下午回来，就握着一本书，到附近的一个小山坡上看老人们放风筝和玩抖嗡。

有天行果来看我，正是午饭时间。我从装零钱的茶叶罐里倒出硬币，到楼下买了一斤米、两只鸭头。行果手持鸭头，看我钉在墙上的一排新写的文章，边看边用油亮的鸭头指指点点。我频频点头，既希望他一篇篇看下去，又怕他的鸭头坏了我的文章。

因为屋子狭小，吃过饭，我带他到附近走走。先看了一座叫石观音寺的小庙。六朝时，这个庙不小，叫光宅寺，是梁武帝出生的地方。可惜敲了半天的门，看庙的人不在。又去附近的“周处读书台”。拾阶而上，高台上有个破房子，门口是一棵粗大的歪脖子树，树下晾着刚洗的衣服。屋里的墙上嵌着一块石碑，隐约看到“父鲂、太守、蛟”等字样，显然在说“周处除三害”的故事。我们在门口无聊地坐着。行果一副痛心疾首的样子说道:“我一害都做不了。”我们一起笑起来。

行果走的时候，从他屁股后面牛仔裤的口袋里，掏出一张皱巴巴的 100 元，塞给我，骑了车便走。

过了一段时间，听说行果也离开了电视台，开了个小店，卖 T 恤衫。我到他店里的时候，他快活地一件件拿给我看。他说，这叫文化衫。每件 T 恤上都写了一行字，有的写着：“不要叫我宅女，请叫我居里夫人。”有的写着：“为朋友两肋插刀，为女人插朋友两刀。”还有一件写着：“钓鱼岛是我们的，独岛是你们的。”行果拿了一件 T 恤扔给我，说：这件适合你。我一看，上面写着：“成为什么人不重要，重要的是摆好那种姿态。”我心里一惊，知道他在嘲笑我的作家梦。不过我还是拿了，随手夹在腋下。当我把钱递到行果手上时，他愣了两秒，又平静地收下。显然，他作了一次思想斗争。不过很快他就弄明白，他现在是卖T恤的。在商言商。

两个多月后，行果赔完了本钱，关门走人。我去找过他两次，门上一直写着“转让”两个字，笔法学的是林散之。

有一天，行果突然来找我，让我陪他去拍一个跟马有关的纪录片。高淳有个农民，买了三匹马。公马死了，母马绝食殉情，也死了。只剩下一匹小马。行果的摄像是南京最好的。我就跟他去了。春节刚过，原野里积着不少的残雪。那匹小马懒懒地躺在地上，毛掉了许多，身上斑驳不堪，用棍子赶了半天才起来。如果不拍那匹马，镜头应该是很美的。行果狂热地对着马拍了半天，又采访青年农民。青年农民非得骑在马上才肯接受采访。行果却眼睛一亮，说，好，好。采访他妈妈的时候，老人对着镜头除了不断谩骂之外，一句不说。行果又喃喃自语：好，好。然后又采访神情愕然的邻居等等。拍了整整一天。行果很满意，一边盖上镜头盖，一边以一种专业的口气赞叹道：“多真实！编一编，就可以参加国际影展了。”

一晃多年过去，偶尔也见面，都是看纪录片，或者谈纪录片。上次胖子到南京来，还谈过一次拍电影。我和胖子一起去了行果的家，乱七八糟的一个人，房间倒干净得让人心慌。屋里几乎装满了书，每本书都包着封皮，摆得纹丝不乱。胖子严肃地说："真是知人知面不知心。"

半年前又和行果见面，行果说他正在东南大学蹭课，学园林设计了。我吃了一惊，问他，纪录片不搞了？他笑得有点勉强：还搞，还搞。接着又兴奋地说："你看到没？现在的城市多丑！家家户户的楼顶都光秃秃的。我要把它们都改成花园，屋顶花园、空中花园。我要让每面墙上都长出花草来。到那时，你看看，这城市就不一样了。"

"最好能把整座城市变成森林。"

"到那个时候，鸟儿啊、蜜蜂啊、蝴蝶啊，到处都是。看哪都舒服。"

我说，那你可能只学园林设计还不行。行果说，也说得是，可能还要学人类学、厚黑学、大气环境污染学。我笑起来。他也笑，背了书包站起来："晚上还有课，先走了。"

行果一直有理想，可是经常又把理想放下来，一头扎进生活。扎一阵子，又想要理想。他自己也不知道他到底要什么。晃荡下来，已经年近四十，忽然又想起来要结婚了。两个星期前，我接到了他的结婚请柬。

1998

我在好几篇文章里都写到宏雅。她每每让我心痛。17 岁的女孩，对痛苦、对死亡，总是对以春花般的微笑。她的微笑，超越了生死，让人难忘。

一个终于没能发表文章的人

1997年年底，我在《周末》报找到一份工作，做编辑记者。一个叫宏雅的女孩，给我寄了一篇习作。她是南京铜山镇的中学生，得了白血病，休学在家。我在电视上看过她，那是慈善组织举办的一个晚会。宏雅向着黑压压的人群鞠躬，带着笑容的脸上挂着泪滴。她的习作我仔细看了，很难发表。

还有三天就过年了，我决定去看看宏雅。从南京坐长途车，再坐小三轮，终于找到她家。宏雅快乐地和我说话，几乎看不出她在生病。我跟她一直在谈写作，并建议她多读一些书。

我走的时候，宏雅站在家门口送我。阳光从巷子口斜斜地照下来，照在她的脸上。我说：“你多写几篇，写得好了，我给你发表。”她甜甜地笑起来，朝我挥手。

大年初六，我又来看宏雅，送一些书给她。她陪着我，快乐

BP机：126-24244
办公室：84686256

地走在简陋的乡间小镇上。她穿着一件红棉衣，像一束火苗燃烧在冬日的阳光里。她不时甜甜地和街上的人们招呼，抱起路边一个胖胖的小孩，“啪”的一声，忽然亲了他一口。她带我到镇门口的大草坪上坐下来，让我跟她谈写作。她说她写了好几篇，可是不好，她不肯给我看。“等把你给我的书看完了，等我写好一点了，我就给你。”她笑着说。

回到报社，我写了一篇报道。有人给宏雅捐了 10 多万。她可以到医院去了。

我去医院看宏雅。宏雅的床头柜上放着我送她的书和一本笔记。走的时候，宏雅一定要把我送进电梯。她笑着说，马上就开始写文章了。

宏雅给我写了一封信，信纸是印着蓝花的长格纸，叠成“千纸鹤”的样子。她说正在化疗，头发掉了，不想见人。她说等一阵子，好了，就来报社看我。

两个多月后，同事说外面有人找我。是宏雅，她朝我笑着。我带她到报社的每一个部门去参观。快乐像要从她脸上飞起来。她坐在我的座位上，怯怯地动着鼠标，她说：“等病好了，我也申请一个 QQ 号，我就可以把文章直接发给你了。”

宏雅给我写信，我给她打电话。她总是用快乐的声音跟我谈她最近看的小说和散文。她说，等病好一点了，就写文章给我。

过了一年多，钱花完了。宏雅的父亲又来找我，我已经无能为力。

有一天，宏雅忽然给我打电话。我们已经很久没有联系。她说她回家了，回到家舒服多了。她叽叽咕咕地说着、笑着。她说，她要写一篇文章，写好就寄给我。

她已经回家了。她不再治疗了。握着话筒，泪水迷糊了我的眼睛。

10 天后的一个凌晨，宏雅走了，走的时候，外面下着小雨。宏雅曾对我说："我害怕死。死，就是我喜欢的一切都不存在了。"

宏雅的父亲给我打来电话，哭泣几乎噎住了他的声音。

他说，宏雅走了。夜里，宏雅喊妈妈，要妈妈抱抱。妈妈抱着她，她昏迷过去。直到临去世之前，她才清醒了一会儿。宏雅对父亲说，她想见申叔叔。

父亲对宏雅说："孩子，你再坚持等等，天亮了，他就来了。"宏雅说："我可能等不到了。"

外面下着雨，宏雅睡着了，她再没有醒来。 她才18 岁。

她终于没有写完那篇文章。

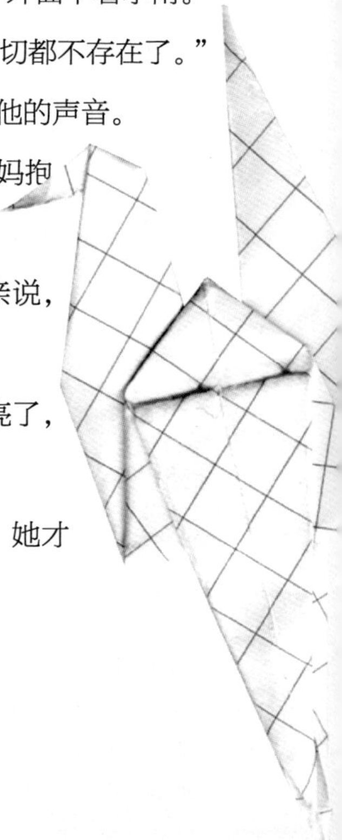

1999

1999 年，一个话题异常热闹：接下来的 2000 年，究竟是旧世纪的最后一年，还是新世纪的第一年？一方难以说服另一方。而我，也在此年认识到另一个重大的模糊：人，很难说谁是好人、谁是坏人。这个认识颠覆了我 30 年建立起来的黑白分明的价值观。即便是成年人，也在时光的洪流中成长。

一个想做善人的人

1999 年三月的一个下午，我接到一个电话。他说他是一个读者，刚刚看到了我写的一篇报道。他说，他想给那个得了白血病的女孩捐一笔钱，约我在金陵饭店见面。

我坐在金陵饭店大堂的一张椅子上，按约好的方式，手里拿了一张当天的报纸。外面下着雨，我把报纸正反看了两遍，忽然头顶有人叫我。

我们在二楼一张沙发上坐下。他递给我一个旧报纸包着的纸包，打开一看，里面是 10 万元。他说："我早就来了，一直在上面看你。我看你是个好人。把钱给你我放心。"

他在南京长江大桥的附近开了一家饭店，姓李。我就喊他李总。

我直接把这钱交给了病者家属后，发生了一个插曲。慈善协会的人给总编打电话，说我应该把钱交给他们。说我违反了规定，其中必有猫腻。我没有办法，只好请李总来报社一趟，让他证明，他确实就捐了10万元，我没有私吞一分钱。在跟总编说明情况后，李总很同情我的自尊受到伤害，一定要带我到他的饭店吃一顿。

在饭店的停车场上，赫然停了10多辆跑车。我对车子没有概念，几乎叫不出一个名字来，但猜也猜到，那都是非常名贵的好车。只看他的外表，绝不会想到他是个有钱人。他穿了件老头汗衫，一条旧牛仔裤，脚上是双懒汉布鞋。李总说他只有玩车这个爱好。“知道不不好，可是看到好车，心心心就痒。”他笑着说。他有点结巴。

在此之后，过上一两个月，他就会喊我聚一下。每次吃饭，都有不少人，大部分都是媒体的，也有策划界人士。每次谈话都跟慈善有关。有时候是要捐书给民工子弟学校，有时候是要送油米给孤儿院，有时候是给养老院送棉被。吃饭，就是把这样的活动策划好。客人们献言献策，力求把效应最大化。李总频频点头。又有一次聚会，一位电视台的朋友神秘地告诉他，有位大人物要到一个贫困村搞活动，让他到时赶过去。“找个机会，你跟他握手，我们拍下来。”我听不下去，找了个借口，匆匆告辞。李总再打电话给我，我就找些理由搪塞，再不肯去听他们的慈善策划。

慢慢地，我们也就失去了联系。

一晃两年过去，忽然有一天，我在报纸上看到一条消息：李某因为巨额注册资金造假被捕。我犹豫了一下，给李总的妻子打了个电话。我问她李总关在哪里，我想去看他。她说，不用了，过几天他就出来了，谢谢你。

半个月后，忽然接到李总的电话，约我在月牙湖边的一家饭店见面。他已经先到了，一个人，点了一桌子的菜，沉默地坐着。他说："饭店倒了，被人害的。我这个人，一心做善事。你是知道的，我帮了多少人！我捐过多少钱！我一个从来不害人的人，临了，倒被人害了。善人不能做啊！"我说：怕是你做慈善太高调了。中国人看不惯这个。他摆摆手说：不谈了，不谈了。端起茶杯敬我。我们都不喝酒。在他举起茶杯的那一瞬间，我看到他把牙关咬得紧紧的。他说："你你你是我出事之后，唯一一个要来看看看我的人。"说起今后的打算，他又兴奋起来。他说：他计划跟安徽一个镇子合作，帮他们装曝光的摄像头，罚款分成。我想说什么，终于没说。他一定要用车送我回报社，车是辆新买的"夏利"。

此后我们还是很少联系，只是到记者节，他会发个短信。他也是唯一一个每年祝我记者节快乐的人。有一次，他给我打电话，数落一个原先跟他要好的记者。他说：当年，他跟我借了两万块。我现在手头有点紧，要他还，他竟对我不理不睬。我有钱的时候，他们随便哪个问我借钱，我什么时候皱过半点眉头？

过了两个月，他又给我打电话。我问他：钱还你了没？他说：“还了一半。现在一打电话，他就挂掉。都都都什么人啊？我还是要问他要的。”他跟我说他生意上、交往上的一些事，我完全不感兴趣，耐着性子听。他可能也感觉出来了，可是他只能谈这个。以前刚开始交往的时候，他还能跟我谈谈慈善，现在这个话题也没有了。事实上，我们已经没有了任何共同话题。

忽然有一天，他口气惊惶地给我打电话。他说他在安徽，车子撞到人了，身上没钱，让我赶快给他汇 1 万块。放下电话，我就知道，车祸是他编的一个借口。在我面前，他一直还在努力保持着那个慷慨大度、扶危济困的好人形象。我相信：即使他现在变了，暂时做不了一个慈善人士，那是因为他没钱，不是他不想做。一个一心想当善人的人，会为 1 万块钱，失去我这个几乎是唯一信赖他的朋友吗？

我把钱给他汇过去。这是我 3 个月的工资。

再给他打电话，他的手机已停机。

1999

1999年，一次被迫的旅行，让我从此可以从容面对所有曾经以为“异类”的人。“共通的人性”，真是打开一个温暖、和谐的世界的钥匙。

一个找寻小喇嘛的人

1999年的夏天，我写了一篇报道，受到电话威胁，说要卸我一条腿。报社给了我一个月的假，让我去外地旅行。

我从南京去了西安，从西安去了兰州，接着又来到青海的西宁。没有计划，只是一味往远处走。从西宁的塔尔寺出来，在市里转了一圈，实在没什么可去的地方，就返身去了长途汽车站。正好有一辆车要去青海湖，已经启动了。售票员出来给他打了个手势，发动机就突突地响着，在车站的出口等我。

车上只有最后一排有两个空位，等坐定下来，我不由吃了一惊。整个车上静悄悄的，偶尔有人说话，也是压低了嗓门，像在耳语。当然，即便大声嚷嚷我也听不懂，一车全是藏人。

坐在我右手边的是一个中年汉子，脸黑得可怕，见我看他，立即定定地望着我。我慌乱地移开目光。在他的脚底下，放着一只包，包的拉链拉了一半，一把长刀的柄露在了外面。我立即把头扭过去。我左边是空位，空位的左边是一个袒露着右臂的中年喇嘛。

喇嘛微微笑着，朝我点点头。到底是出家人，慈眉善目。我悄悄把屁股移到左边那个空位上，靠喇嘛坐下。

喇嘛看我坐过来，很高兴，或许是对一个孤身的内地游客好奇，主动跟我搭话。他的汉语相当生硬。他说他去找他的小徒弟。小徒弟12岁，因为骂了几句，就跑了。他叹口气。他已经找了三天。有人说这孩子跑回家了。他去他家里看看。车子从西宁开到小喇嘛的家，下午出发，要开一夜。下车之后，还要翻两座山。

车子越开越荒凉，像一个小虫子爬行在无尽的山路上。虽然有喇嘛在跟我说话，可是陷身到这气氛诡异的陌生人群之间，我总觉得不安。车子开到倒淌河，司机停车休息。我上过洗手间，又赶紧上车，一个人在车上往外打量。倒淌河的水很浅，河面也不宽，涉水能过。看不到河岸，也许就没有河岸，河水可以随便在草地上流淌。长满青草的河滩无边无际。那个喇嘛蹲在河边，用手捧着水洗脸。他回过头，看到我一个人在车上看他，站起身，朝我挥挥手。

人们陆续回到车上。车子缓缓开出。坐在我旁边的喇嘛从怀里掏出一个本子，递到我手里。他说，这是他登上北京天安门，发给他的证书。我一看，果然是。我说：你去过天安门？真不错。心里有点好笑，去过北京也值得炫耀么。他又跟我说，他去过黄鹤楼。“离你们南京近不近？”我忍不住笑起来：“远得很，那是在武汉。”喇嘛看我笑了，也笑。随后，他又从口袋里掏出一个小本子。我看不懂，也许是他出家的证明。他指着一行藏文说，他叫加措。我有点诧异，这就像我主动给一个陌生人看我的身份证。这是什么意思呢？喇嘛可真是奇怪的人。

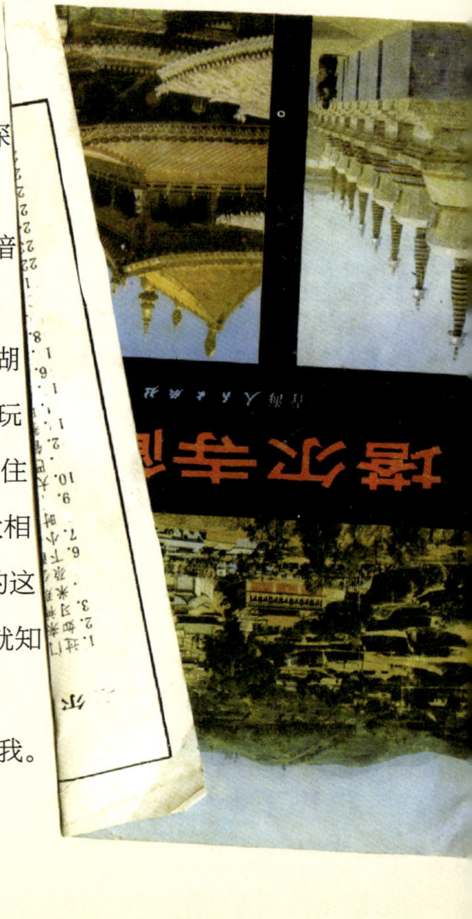

天越来越黑，车子像往一个深渊里开。外面除了这辆车的车灯，前后左右，看不到半点亮光。黑暗像是黏稠的，车灯的光亮被吸住了，根本射不远。加措说，你到青海湖做什么？我说，就是玩。他说，玩不大方便。没景点，也没什么人，住的地方都没有。我看看他，我不太相信这么有名的青海湖，竟如他说的这般。然而我没多问。我想，到了就知道了。

不知道过了多久，加措推推我。

我猛然坐直。加措说：“要到了。你下车之后，沿着右边的一条路，一直往前，走1公里，再往右，走500多米，就看到灯光了。你跟旅舍的人说，是加措介绍你来的。”我连声说谢谢，心里却想，呵，帮朋友拉生意吧。

我一下车，立即就被黑暗淹没。加措从汽车的后窗，用手电照着我。车子开得很远了，那手电还亮着，最后变成了一个小亮点，才慢慢消失。

在这伸手不见五指的黑夜里，如果没有加措的指点，我根本不知道往哪里走，连路都找不到，只能在荒野当中迷失。

找到旅店，老板是个汉族女子，听我说到加措的名字，双手合十，念了一句佛号，立即为我安排晚饭和床铺。

当我终于在旅店的木床上躺下时，我满心惭愧。在我上车之后，加措其实就看出了我内心的惊惶。他为了我心安，一直做着种种努力。我所有的小心思，对于加措来说，都是透明的。可是他宁可忍受我的猜忌，却要把慈悲布施到最后。

2007

人生的意义，根本不在形而上的精神领域，而在生活中的坚守与坚持。2007年，年轻时的朋友大多已被雨打风吹去，有老友用行动告诉我，友情抵不上仅仅5000元人民币。这真让我悲哀。我不恨他，而是同情他，因为他是一个追问人生意义的人，他内心对自己的拷问一定将他折磨得体无完肤。

一个追问人生意义的人

大年初一，南京人有到鸡鸣寺祈福的习俗。

从古生物博物馆门口到鸡鸣寺的山门，路旁的樱树底下，密密地排着小贩，这是平日里没有的。有卖瓜子糖果的，有卖香烛灯笼的，还有磕头如捣蒜的乞丐。一路上挨挨挤挤，摩肩接踵，全是人。这人流一直漫到山顶上，而人漩涡的中心，是豁蒙楼。

豁蒙楼前是一个小广场，所有的人都要汇聚到这里点燃手里的檀香，为自己、为家人祈福。平日人不多的时候，人们可以安心地四方参拜，让手中檀香的味道慢慢地弥漫开来。可是在今天，人们只能找一个仅可立足的地方，怕燃着的香碰着别人，手都高高举过头顶，口中喃喃念几声，然后立即插到那个庞大的铁香炉里，奋力挤出人群。虽然拥挤成这样，人们脸上都带着笑，因为是大年初一。据说今天高兴一天，一年都会快乐。今天祈福，神祇会带来一年的好运。

隔着人影，我忽然看到一张熟悉的脸，然而我不能肯定。因为他的头发是白的。

是清源。他左手抱着一个两三岁的孩子，右手举着一把已经点燃的香，正努力朝供着佛像的大殿挤过去。清源是我在南京大学读书时认识的朋友，当时他是一个颇有名气的诗人。他给一家杂志当编外编辑，能够经常请我吃饭，偶尔还能介绍点活儿给我干。几年的暑假，我都跟他混在一起，我们一起找一个空调足的“麦当劳”坐下来，要一杯可乐，埋头写作，一写就是一天。有一次，他写了一首诗，发在《诗刊》，后来，又被好几家杂志转载了。一时之间，清源名声大振，常常有慕名而来的人跟他谈文学。有相当长一段时间他没有空理我。等我毕业的时候，他突然又出现了，一定要请我到“半坡村”茶馆深聊文学。我没有心思，因为工作一直没有着落。他说，工作只能是理想的一个过渡。如果因为找工作而失去理想，人生就没有意义了。于是，为了一个有意义的人生，我跟他谈了一夜。

后来，我去了北京，在中关村卖“杀毒”软件，他给一家娱乐杂志做活动策划。再后来，我回南京当了记者，清源自己搞了一个跟娱乐界人士打交道的公司。他请我到他公司去看过，公司很堂皇，工作人员，是清一色的时髦男女，像日本卡通画上的人物。他自己梳个大背头，穿西装，打领带，表情沉着。晚上吃过饭，又到茶馆喝茶。他问我，有没空给他写文案，钱好说。我连忙辞谢了。我问他还写不写诗？他说，写诗是少年的事，人到中年，就得考虑事业了。我跟他开玩笑，你哪是中年，马上奔“五”的人，还要拼。他说，要拼。茶喝到晚上 11 点，要分手了，他说，他打算离婚。说这话的时候，他的脸上露出痛苦的神色。他老婆我见过一次，曾经从乡下来城里看过他。不过长相是一点都记不清了。

两年前，他突然给我打电话，向我借钱，说急用。我火急火燎地到银行汇款给他。说好一个月后还我的，两年过去，他再没有跟我联系。

在人影当中，他一直没有看到我。他怀抱着的孩子还在哭闹，我听不到孩子的哭声，只看到他脸上带着泪，不停地用手拍打着清源的头和脸。清源才 50 岁，可是头发全白了，远看，完全是一个老人。他抱着的，应该是他新娶的女人生的儿子。那个女人我听说过，可是从来没见过。连过年到鸡鸣寺敬香都没有同来，一定又发生了什么。

清源终于挤进了大殿，把香插在佛前，在一个蒲团上跪下来磕头。他的儿子站在他旁边，用手使劲地

扯着他后背的衣服。他的脸在人头攒动中若隐若现。

我怕他看到我，转身去了豁蒙楼。我跟清源来过豁蒙楼好多次，这是执著追问人生意义的文青们必来的喝茶处。我找了个靠窗口的位子坐下来，要了一壶雨花茶，呆呆地看窗外的台城和玄武湖。

豁蒙楼是两江总督张之洞为了纪念他的好友——“戊戌六君子”之一的杨锐而建的。杨锐死了，张之洞痛惜不已，盖个楼，永远怀念他。

2008

年轻时容易轻信，年纪大了容易多疑，这种现象与生理无关，似是与社会阅历有关。而当下社会民意也往往这样，不惮以最坏的恶意揣摩一切。人与人群，互为因果，于是，都“变态”了。当年北岛高喊：“告诉你吧，世界，我不相信！”今天，更需要展示“相信”的力量，只有相信世界美好，世界才能更加美好。

一个自以为变态的人

有一阵子，我被鼻炎弄得呼吸不过来。据说用药是没有用的，只有把那个总是发炎的地方割掉才行。我下了个狠心，去了江宁的同仁医院。

我是一个人去的。我认为只是一个小手术，动完了，就可以自己回家。而且最近跟妻子闹了一点不愉快。

医生拿了一个类似合同的东西让我签。我看了看，顿时一身冷汗。上面明白地写着，手术可能会造成以下后果：鼻塌、脑神经受损、嗅觉失灵等等等等。我说："鼻炎跟脑子有关系么？"医生竖起自己的拳头，当作我的脑子，指着食指与中指间的凹处说道："在这个地方动手术，后面一点点，就是脑神经。""如果脑神经受损了会怎么样？"医生职业性地对我笑笑："可能会痴呆，也可能会成植物人。"紧接着又安慰我说："不过你放心，不会有生命危险。”

我签字的手有些僵硬。我很后悔没有让妻子陪同。如果她在的话，我就让她表示反对，我顺着台阶下来，就可以不做手术了。鼻炎虽然难受，但与这样可怕的后果比起来，就可以承受了。

医生看我有点发呆，又说：“你一个人来的？”我说：“啊，是的，是的。我觉得是个小手术，我一个人没事，能搞定。”

“是个小手术。你在这里签字。”她用手在纸的最下面一点。没有任何人会在这个时候临阵脱逃的。我龙飞凤舞地签了我的名字，“渔”字故意没写三点水。这是一个滑头，表明如果手术失败，我变痴呆了，我可以不承担责任。

之后，就是抽血、胸透、心电图、CT 等等，检查项目很多、很细。越是这样，我的心就越慌。几次想给家里打电话，我还是忍住了。

还要进行最后一项检查。医生指指角落里的一间办公室。走到门口，我抬头一看，门上写着“变态工作室”。鼻炎跟变态也有关系？是鼻炎会导致变态呢，还是变态会导致鼻炎？我迅速检讨了一下自己，发现真有不少乖张的举动。惶然敲门进去，是个年轻的女医生。她看看我，脸上带着一种类似羞涩的笑意，她用下巴示意我坐下。她面前的桌子上，整齐排列着 16 只试管，里面是各种颜色的药剂。她让我把衣袖卷起来，掌心朝上，把两只光胳膊伸给她。她用一根针在一支试管里沾一点药水，然后刺在我的胳膊上。换一根针，蘸另一支药水，再刺。我的左胳膊上被刺了 8 个针眼，分两排，整齐地排着。然后是右边的胳膊，也是两排，8 个针眼。刺好了，一会儿就长出了 16 个小包包。她又用下巴示意我站到一边去等。我就平伸着两只胳膊，靠墙站着，像个打罗汉拳的少林和尚，只是没蹲马步。

过了半个多小时，女医生朝我招招手，我伸着胳膊走过去。她看了看，点点头，却不说话。我脱口说了句南京话：“我还变态啊？”

女医生瞟我一眼，冷冷说道：“神经！”

我跑到门外才反应过来，“变态工作

室”，或许是在检查“过敏”。是不是“过

敏”，我不知道。

第二天早上，我孤零零地被推进手术

室。床头竖了根输液架，我指着鼻子问：“只

麻醉这一块么？”“全麻。”医生说。我

堆出十分配合的笑容，显得十分理解地说：

“是的，是的，半麻不好做。”医生把针头

插进我手腕的时候，几乎没有感觉到疼。我

故作镇静地朝医生笑笑，然后说：“病房我

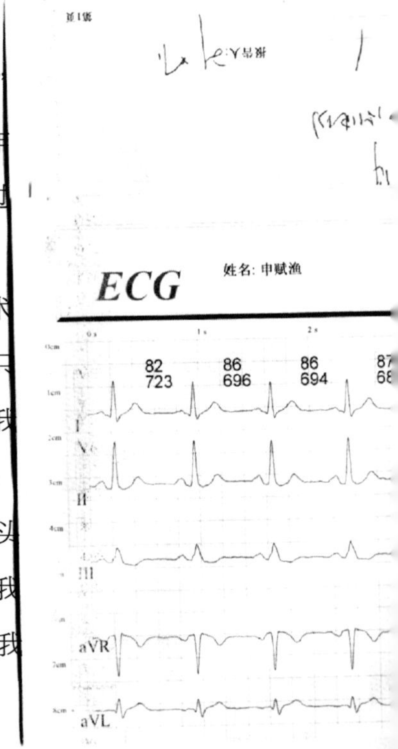

衣服的口袋里，有我家里的电话。”说完就失去了知觉。

听到有人喊我的名字，我慢慢醒了过来，发现自己已经躺在病房里。一片模糊中，隐约看到是妻子坐在病床边。她把手张开，伸在我的眼前：“几啊？”我说：“四。”“你再看看。”“五。”我想完了，可能视力受损了，大脑怕是也变呆了。想着，嘴里咸咸的，立即让妻子拿盆来，一吐，一大口血。接着，又是一口，又是一口。

吐的血不见变淡，而且越积越多，让我心里变得一片悲凉。从妻子恐惧的表情，我更看到事态的严重。我的眼皮无比的沉重。我说，你跟我说话，不要让我睡着。我想，睡着了，可能就醒不来了。“唱唱这几天怎么样？”唱唱是我女儿，上小学一年级。妻子说，她当了“门窗关锁负责人”，很兴奋。下面的话我没有听到，终于睡了。等醒过来，我担心脑子受损，就跟妻子说，我背首《明月几时有》吧。说完，一时竟想不起这词的词牌。脑子到底还是坏掉了。又说，算了，背《马说》吧。才背了几句，我又要吐血。吐完，我跟妻子说：我们以后不吵架了。妻子勉强一笑，神情惨淡地拍拍我的手：“不要多想，过几天就好了。”

果如医生所言，终于没有生命危险。我兴高采烈地出了院。然而出院后的几个月里，我一篇文章也写不了，而且鼻子里总闻到一股异味。还是落下后遗症了。到医院复查，医生总是说：挺好的，挺好的，不用来了。他是在搪塞我。我开始失眠。半夜会坐起来，猛力地吸鼻子。然后到卫生间找从医院里带回来的洗鼻器——一只带着吸管的软塑料瓶，插进一只鼻孔，让盐水从另一鼻孔里冒出来，反复冲洗。上床躺下，过一会儿，还是一样。我愤怒地拍打着床沿，大声喊道：“我要投诉，我要到网上揭露。”

我认为我的鼻子深处，正在缓慢地溃烂。跑了好几家医院，都找不出原因。一位正在研究《黄帝内经》的朋友说：“动了刀子，就破了体内的真气，你就不是原来的你了。真气一散，邪气渐生。”我懊恼地抽抽鼻子，立即又闻到一股若有若无的异味。或许那就是邪气了。

有天下班回家，一推门，就闻到一股奇怪的味道，十分浓烈。我无限悲凉地自语道，病入膏肓了。越往房间里走，这味就越浓。

房间窗台上的花瓶里，插着一大捧小草花，花瓣上还带着水珠，美得让人心碎。我蹲下身，伤感地端详着。

一股异味直袭心头，我突然明白，是花香。我的鼻炎好了。我已经20年没有闻到花香了，我已经记不得什么是花香。

祝爸爸快乐，
天天快乐！

申杭之
6.12

2011

我送他们到火车站的站台上，开往布列塔尼的火车还没有来。眼前的数十条铁轨错综复杂，它们将从这里通向无数个城市和乡村。我们无言地站着，一种寂寞，沿着这些铁轨，伸向无尽的远方。

一个与魔法师做邻居的人

我第一次到法国是 2011 年。为了寻访作家夏多布里昂的故居，我特地从巴黎开车来到布列塔尼。既然来了，就走得更远，于是又去寻访了最有名的魔法师梅林。

梅林是亚瑟王的魔法师，也是包括哈利·波特在内的所有魔法师们的偶像。梅林深爱着薇薇安公主，并把所有的魔法教给了她。而薇薇安，却用梅林的咒语，把他封死在石头里面。这堆埋葬着世界上最著名的魔法师的石头，在法国布列塔尼的潘蓬特森林当中。

我花了很长的时间都没有找到梅林的墓，最后在森林里迷路了。转了好多圈，忽然看到两幢简朴的农舍。农舍的前面是一块草地，几头牛正懒懒地在吃草。敲了半天的门，出来一位白发苍苍的老奶奶。刚要向她问路，她忽然撇下我们，飞一般跑进后面的院子。一边走，一边喊着某个人的名字。

跟她出来的是一位中年的女子，大概正在院子里干活，手上还沾着草叶。两个人满脸都是快乐的笑容。

听说我们在找梅林的墓，老奶奶立即从院子里推出一辆自行车：“来，我带你们去。”而那位中年女子，略带羞意地问我：“看过梅林墓后，能否到我家中小坐？”

梅林墓在一条细长的林阴小道的尽头。那是一堆乱石，高高地堆着。在这堆石头的上面，用小石子儿，压着无数的纸条。大概看一下，都是有关爱情的誓言和寄语。梅林是因为爱情而死，大概后来的人们把他当作了情圣。并不去想，连他这样法力无边的人，也没有得到自己想要的爱情。

这座墓，就这样孤零零地藏在森林的当中，孤独、寂寞、凄凉。而在这森林的外面，就是薇薇安的出生地——潘蓬特坎勃庄园。那是一个散发着神秘气息的美丽城堡。

从梅林墓出来，我们跟随着白发老人，来到那位中年女子的家。她的家就在老人家的旁边。我们进屋时，她已经烧好咖啡，端上甜点。她的丈夫和儿子，也笑容可掬地在门口等候。

老人叫德妮丝，已经 80 多岁。这里原先是一个小村子，村里的人们慢慢移居他乡，最后只剩下他们这两家。

女主人叫玛丽，她的工作是帮助消防员放松心理。丈夫的工作是为企业家和工人进行沟通，通过电话和电邮就行。儿子不到30岁，是一位独立摄影师，刚从省城雷恩回村子里度假。

“我们的孩子都是德妮丝帮助带大的。村子里哪家有什么需要，她都会去帮忙。只是他们一个一个都搬走了。我们喜欢这里。这房子就是我们自己盖的。我们不打算离开。”

“我在二战前就住这里了。我的孩子们都是在这里出生的。他们长大了，都走了，不过常常会回来看我。我一个人能打理我的小农场。我有牛、羊、狗，还有我的好邻居。”德妮丝朝玛丽慈祥地笑着。玛丽侧过身，在她满是皱纹的脸上轻轻一吻。

我们跟着玛丽去参观他们的小村子。事实上，已经不成为村庄了。除了他们两家的房子，其余的房子都已经拆了。只有河流在、小桥在，石头的花坛和水池在。在大森林的对照下，这两幢房子显得渺小而落寞，又显得十分的神奇。

60 多年前，德妮丝和丈夫在此相爱。30 多年前，玛丽和丈夫同样在此相爱。她们都曾在梅林的墓上，放过关于爱情的纸条。此后的几十年里，她们常会遇到来此祈求爱情的人们。她们几乎每天都会去读一读，那些陌生人新压在小石子下的纸条。

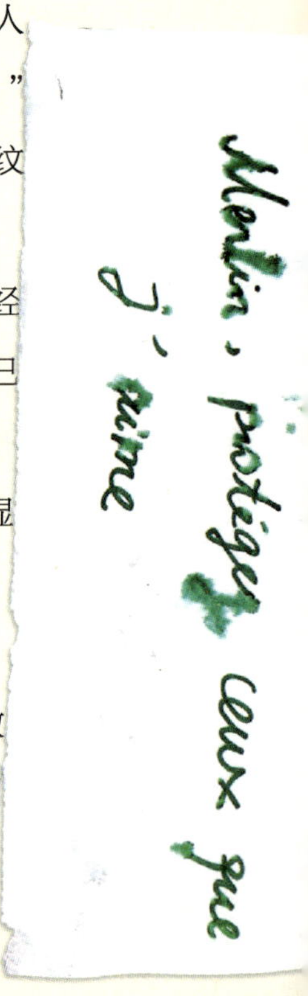

“作为梅林的邻居，我会说，每一个来到这里的人，都是天使。”德妮丝骑着自行车，引我们走向离开森林的大路。

5年之后，我又来到布列塔尼，特地绕路来看德妮丝和玛丽一家。

德妮丝家的门关着，可是听到里面电视的声音。我招呼了好几声，她才听到。当她见到我们时，不由得呆住了，然后立即快乐地与我们拥抱。她说，前不久梅子刚刚成熟的时候，还和玛丽说起我们。

自从5年前我们离开这里之后，玛丽给我写过好几封信，每次在信里都说到德妮丝。可是真正见到她之后，我还是大吃一惊。她已经失去了当年的敏捷，走路相当迟缓。她说去年的一天，在院子里跌了一跤，爬不起来。直到几个小时之后，有人经过，才把她送到医院。从那之后，身体的状况就不好了。她大部分时间就在电视机前面默默地坐着。几乎没有访客。我们到访的时候，她正在看电视上的教皇主持一个隆重的仪式。她说，她好几个星期才去一次教堂。因为这里只剩下一位神父，他负责好几个村庄，好久才会轮到这里。这里除了不多的老人，已经很少有人信教了。她叹口气。

还有3年，德妮丝就90岁了。我说她生日的时候，我过来看她。她笑着说：“我希望能过到那一天。”她从里屋拿出一个盒子。

一盒子都是手工编织的精美的纱巾。她说，这都是前些年编的。现在眼睛不好，编不了了。她执意让我挑一件，给我做礼物。我挑了一件小小的，像雪花一般的纱巾。她说可以铺在茶几上。

告别德妮丝，我去了玛丽家。

玛丽和丈夫热艾尔正要开车出门，看到我们，惊喜地叫了起来。我们小坐了一下。玛丽很不快乐，因为儿子新娶的妻子让她很不满意。她的儿子，我上次见过，是个年轻英俊长着络腮胡子的小伙子。他一见面，曾极为热情地与我行了亲密无间的贴面礼。他像现在的法国总统马克龙一样，娶了一位比他大得太多、带着孩子的妻子。

几个月之后，玛丽和热艾尔专程来巴黎看中国人新年游行的嘉年华，于是我就陪着他们在人群中挤来挤去。他们是第一次看到中国人抬着神佛的塑像，舞着龙灯，敲着锣鼓，一路载歌载舞。两个已经头发花白的人，又蹦又跳，显得无比的兴奋。

玛丽说：“认识你们之后，我们就开始关注中国的消息。我们专门开车到雷恩去吃了两次中国餐。”

“夏天，我们村子里有铁匠节，你们一定要来。”热艾尔说，“这是我们村子里最热闹的节日，所有在外的乡邻们都回来。从四面八方赶来的铁匠们，将在这里展示他们最得意的手艺。”

可是无论他们说得多热闹，我想到的，总是那个静悄悄、毫无声息的小村。玛丽和热艾尔都已经退休，他们每天忙着拍小电影、做音乐、举办活动，努力想让这个小村子重新变得热闹。

热艾尔朝我叹口气，微笑着对我说："这很难，年轻人都走了。"

我跟他说："这跟我的故乡申村一样。"

我送他们到火车站的站台上，开往布列塔尼的火车还没有来。眼前的数十条铁轨错综复杂，它们将从这里通向无数个城市和乡村。我们无言地站着，一种寂寞，沿着这些铁轨，伸向无尽的远方。

2013

一个人无论离家多远、离家多久，总会在心里的一个隐秘地方，藏着一个情结。偶尔碰到，就会心碎。

一个清洁公寓的人

我在法国斯特拉斯堡的时候，住在罗马路6号。刚刚安顿下来，公寓的门房就来敲门，问候他的新房客。我请他喝茶：“先生，你喝得惯中国茶吗？”“喊我达奈伯好了。中国茶我喜欢，我常常喝的。”我给他泡了一杯从中国带来的上等白茶，然后我们开始礼貌的交谈。诸如宴请宾客时，如果会闹得很晚，请先在电梯口贴一张致歉启事；如果有陌生人在对讲机里请求开门，请交给门房，也就是我来处理；垃圾袋要扎好才能扔下门前的洞，“不扎好，就是扔到我达奈伯的头上。”

我看不出达奈伯是哪个种族的。比白人黑，比黑人白，比黄人颜色要深。不过法国什么人都有，也用不着弄得那么清。我们的谈话即将结束，我发现达奈伯先生只抿了一口他宣称很喜欢的中国茶。他几次端起茶杯，装作漫不经心地递一个眼神给我，像是在暗示我忘记了什么，可是我毫无反应。达奈伯先生终于问我：“先生，你是不是忘了在这个茶里放糖了？”

我请达奈伯到家里吃过两次中国餐后，我们就成了好朋友。他是个快乐的人，每时每刻都在准备咧开嘴大笑。特别是在他自己讲过一句笑话后，更是顿足大笑。是的，他一边笑、一边拼命跺他的右脚。这时我已经知道，将近60岁的达奈伯，是斯特拉斯堡大学的数学硕士，做过几件不称心的工作之后，就在大学边上这所公寓楼做了门房。门房的主要工作，就是清洁这幢公寓楼。和他一起工作的，还有他的妻子。他负责整幢楼的屋前屋后，天一亮就起来干活。不只是周围地面上干净得没有一片落叶、一点积雪，而且墙壁上都是干干净净。“我们这幢楼，是周围最好的。”他自得地说。至于达奈伯夫人，我几乎每天上午都看到她在走廊里拖地。12层楼，她一层一层擦洗得一尘不染。你随时可以在地上打个滚儿。她长得有一点胖——还是实说了吧，不是一点，而是像美国人那么胖。然而她却是那么的自尊高贵，每次从她身旁走过，她都会停下手中的拖把，微笑着看着你，轻声说道：“早上好，先生。”像一位微服私访的女王。

达奈伯对他的夫人相当自豪。圣诞节前，他给我送来一张贺卡，上面用极其优雅的书法，写着祝福的话语。

“这是我夫人写的。她的字比我的好。”听我发出由衷的赞叹，

达奈伯便快活地笑起来，

使劲握着我的手摇晃。

达奈伯夫人在大学里学

的是历史，家里有一面

墙全是她的古希腊语和

拉丁文的书。

当天，我就去店里

买了一叠贺卡，贺卡是

我精心挑的，印制得可

谓精美绝伦。我当晚就

送了一张给达奈伯先生

和夫人，并附带一个小

小的“红包”——这是

每个房客在圣诞节前应

做的。

第二天一早，达奈伯装作偶然在大厅里遇到我：“先生，我可以跟你说一句话吗？”他的表情极不自然：“我和我的夫人是完全不在意的，毕竟，你是一位外国人。我是说，你昨天送给我的那种贺卡，是专门用来慰问逝者家属的。”

几乎全身的血都涌到了我的脸上：“我太抱歉了。我实在不知道。我——”

“真的没有关系，我之所以跟你说，是怕你送给其他人。”他又爽朗地笑起来。

新年之前，为了弥补我的愚蠢行为，我隆重地邀请达奈伯夫妇来家里吃了一顿正宗的中国餐。为此，我到郊外的中国超市进行了疯狂采购。

晚餐愉快地结束了，我指着墙上的一幅中国篆书“谁家玉笛暗飞声”向达奈伯详加解释。这是来法国之前，篆刻大家孙少斌先生送我的。来法愈久，这李白的诗，就愈勾起我的思乡之情。达奈伯默默听完，让我打开电脑：“有一个网站，在全世界的许多城市，都有一个固定机位的摄像头，你可以看到实时的影像。”在这个网上，我没有找到南京。而达奈伯却一下子找到了他的故乡，那是摩洛哥首都拉巴特的一处海滩。

“我每周六的同一时间，都会上网看这个镜头。我家乡的亲人和朋友，会特意从这里经过，在这个镜头前朝我挥手。”达奈伯到法国已经 30 多年。

“我是柏柏尔人。历史上，腓尼基人、希腊人、罗马人、拜占庭、奥斯曼帝国都曾入侵并且试图改变我们，现在，我们的文化已经被基督教和伊斯兰同化得差不多了。但我们的文化并没有消失。”他从口袋里掏出一本小辞典，“我一直在学我们正在消亡的文字。”

2017

在巴黎遇见许多华人，他们其实来这里已经许多年了，有些人就出生在这里，他们大多也已经入了法籍。然而在谈话中，他们总是不自觉地说："我们中国人——"是的，当他们中的一个受到伤害之后，最先站出来的，也往往是他们的同胞。

一个在巴黎被打死在家中的人

2017年的4月2日，还有两天就是清明节。巴黎的华人们不断地涌向共和国广场。

广场上已经站满了人，成千上万的人沉默地站着。音箱里不断地唱着一首悲伤的歌。

人们在这里悼念被警察打死在家里的刘少尧。

人群中有许多华人的孩子们。有几岁的，有10多岁的，那么小，那么瘦弱，紧紧抓住爸妈的手，站在他们的旁边，四处张望着。

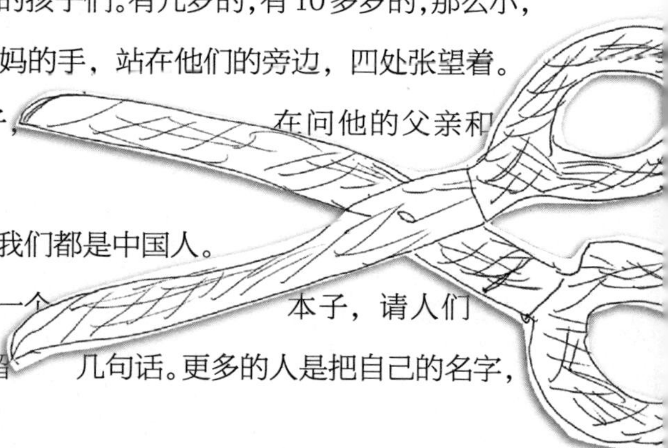

有个五六岁的孩子，在问他的父亲和母亲：我们为什么来？

他的父亲说：因为我们都是中国人。

两个女孩手里拿着一个本子，请人们在上面给死者的家属留几句话。更多的人是把自己的名字，签在前面的一条长条幅上。条幅上的名字密密麻麻。条幅旁边有人高高举着一面五星红旗，这也许是在向在场的人们提示，死去的这个人，不只是一个华人，他还是一个有着中国国籍的中国人。华人们来关注他，是因为他的死，在法国、在巴黎，会被无声地忽略。如果同胞不发声，永远也不会有人关心。华人终于明白，今天为他人发声，这样，明天自己遇到不公，才会有人为自己发声。

我站在一把“大剪刀”的后面。一个人高高举着一把纸糊的剪刀。广场上许多人手上都有一把纸的剪刀。这是给警察看的，因为他们声称，当他们打开刘少尧的家门之后，他用一把剪刀袭击他们，他们就开枪把他打死了。一个1.6米高的瘦小的50多岁的中国人，因为正在杀鱼，手里有一把剪刀，惊吓了三个训练有素、破门而入的警察。所以他死了。

站在我身旁的五六个人，看着很眼熟，仔细一想，原来是三区一个我去过的中餐馆的员工。今天，他们特意穿着深色的衣服。今天，他们的脸上没有了我所熟悉的那种热情的笑容，而是显得很迷惘、无助。刘少尧的死，显然同样惊吓了他们。

几个全副武装的警察，站在宽阔的大马路的对面，无所事事地闲聊着。华人即使是愤怒，也是隐忍的愤怒，一点点也没有蔓延到广场之外。

忽然人群有了一点点的动静。刘少尧的家人来了。高台上隐约传来她们悲痛的哭声。

几乎所有的人都把手里的花高高举在头顶，巴黎的共和国广场成了一块悲伤的花田。花儿在太阳底下已经晒了几个小时，已经蔫了，如碎了的心。

如果家都不再安全了，就再也没有安全的地方了。一直以来，华人因为种种的担忧与恐惧，退缩与忍让着，可是当家都不能庇护自己、当警察都成为凶手之后，他们知道，再也没有地方可以躲藏了。于是，他们来到这个著名的广场上，希望能索要到公正。

蜡烛在风中摇曳着。

代表法兰西价值与精神的玛丽安娜雕塑的周围摆满了蜡烛。风不断地在吹着，可是蜡烛不可能被吹灭。它密密地排在这里，就像广场上的华人一样，虽然沉默，却充满着力量。

附：一个设计这本书的人

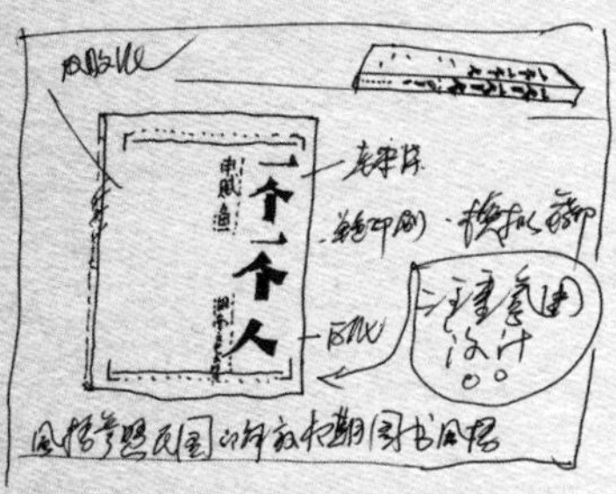

设计手稿

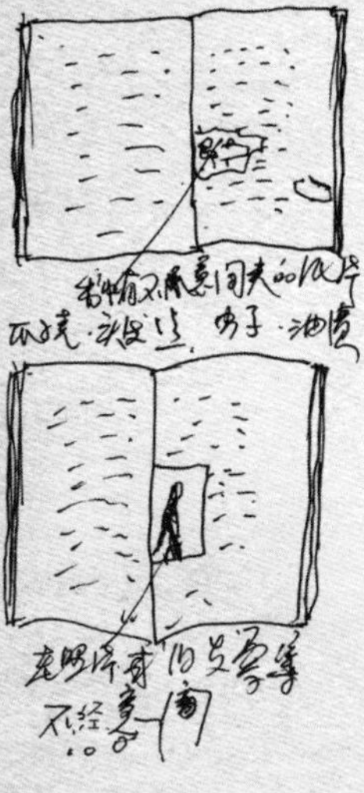

2012 年 1 月 21 日

我和朱赢椿，坐在随园书坊天井的廊檐下喝茶。一地的薄雪。天色已晚。

“这本书我起了两个名字，一个是《文青年代的流浪手记》，一个是《擦肩而过的人们》。”

朱赢椿摇摇头，一言不发地看雪地上一串远去的猫的足印。朱赢椿已经看过这本书的内容。他说他喜欢。喜欢的书才能设计出感觉。

“就叫《一个一个人》。”他说，他的眼睛亮起来，“我们做一本旧书。你的这些人不都是过去时光里的么？我们让历史和时间来说话。”

2012年4月20日

朱赢椿在画一只长角的山羊。羊角间结了一张蛛网。

整个一下午我都在看他画各式的蜘蛛。眼见得太阳落山，“我走了。”我说。他歉意地停下笔：“不急，再坐一坐。”他打开电脑，在一张新的文档上打上“一个一个人”几个字。他把这几个字来回拨弄着：“这几个字在我头脑里打架了两个月，我想，我逮着它们了。”

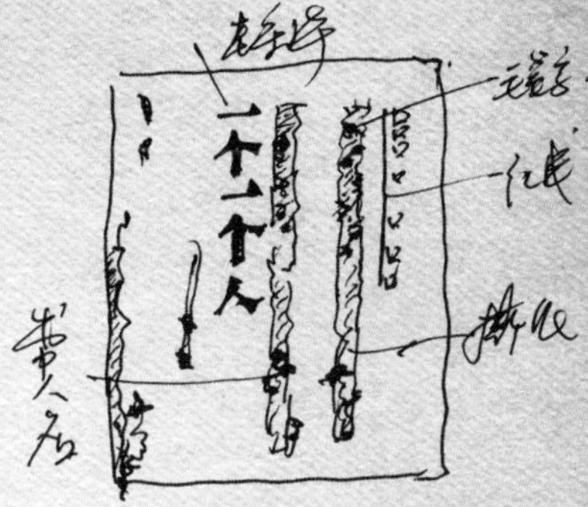

设计手稿

“它们应该写在一张破碎的、贴了又撕掉的、积了好几层的、贴在广告栏里的纸上。那一个一个人的名字，要写在这一层一层的纸上才好。”说着，他从电脑里变魔术一般找出这样一张照片来：“我在汕头大学食堂门口拍的。”

照片素材

2012年4月28日

我去看朱赢椿，朱赢椿在院子里看白墙上的一只小蜗牛。蜗牛一动不动地

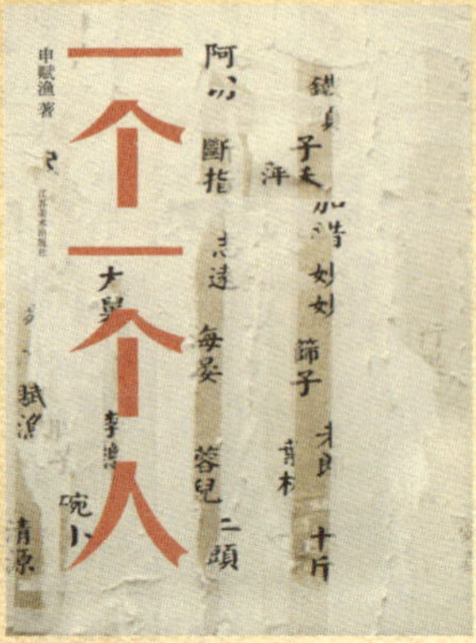

封面初稿

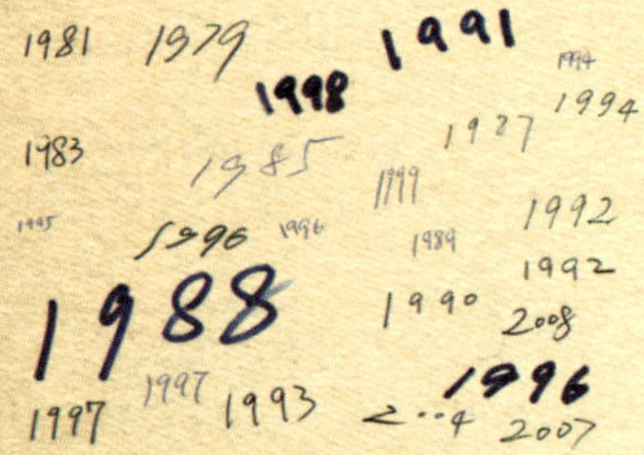

手写数字

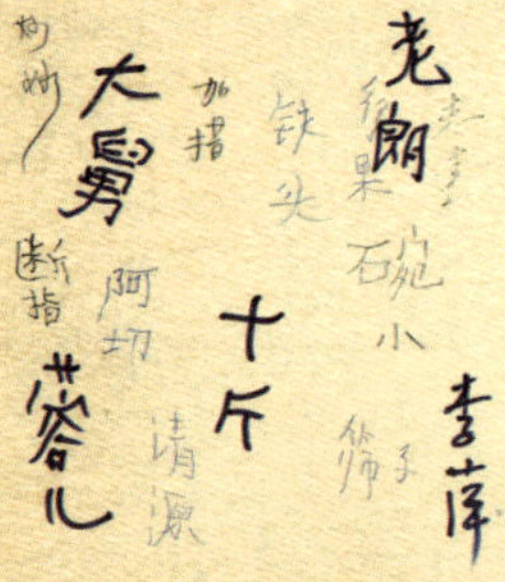

左手写的人名

钉在墙上。朱赢椿说，其实它在往上爬。耐心地看了半天，果然。只是太慢太慢了。在白墙的顶上，飞来一只喜鹊，无声地跳跃着。它没有看到这只蜗牛，“腾”一下子，又飞了。

封面已经好了。封面上是极有层次的破烂不堪的一个一个人的名字，就像他们各自的人生。朱赢椿说他喜欢这本书，他读了。他说，读一次感动一次。他是把他的感动放到这张封面上去了。他说：封面有了，内页还不行。

“我想要一种氛围。最好的设计应该是看不到设计，但是能把你带进一种氛围。要造氛围，就必须在每一页上下工夫。纸张的软硬、厚薄、色彩，每一个细节的处理，都要讲究。”

“你不要急，我要慢慢来。”

这一天，我们什么也没做。我们一直在喝茶，喝他刚买的“明前茶”。

2012 年 5 月 2 日

样书已经打印出来了。内页是泛黄的、陈旧的、沧桑的。出版社的编辑也从上海赶了过来，见证这令人兴奋的一刻。朱赢椿拿着书反复地翻动着，像是在寻找手感。然后又放到桌面上，摘下眼镜，远远地端详。我热情地极有深度地向编辑介绍着这封面的意味。朱赢椿突然拿起书一扯，封面撕掉了。所有人都愣住。

他说：“刺眼，撕掉好多了。”“可是封面怎么办？”“不要封面了。要封面做什么？封面坏了气息，不如不要。”

“你看，一眼就看到这黄黄的内页，一眼就进去了，立即进到这本书的氛围当中。多好。”

朱赢椿的脸上满是快乐的笑，眼睛一分钟也不肯离开那刚被他撕掉了封面

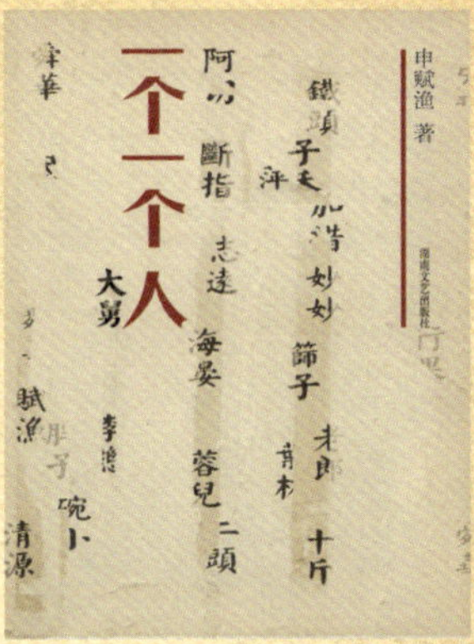

封面第二稿

撕掉封面后的环衬

的光秃秃的书。我们所有人都看着他，一言不发。他用手抚摸着书左侧边缘上，因为撕去了封面而留下的粗糙、斑驳的痕迹和两根钉书钉，喃喃道，这多好。

撕掉环衬后的扉页

2012 年 5 月 17 日

没有封面的书。内页里夹着照片、香烟纸、火花、千纸鹤、小人书的碎片，甚至还有小虫翅膀和发丝。所有这些细节，都不动声色地融合在文字之间。发黄的书页也随着时光的推移逐渐明亮，表明时光的逼近。

第一次为腰封画的插图

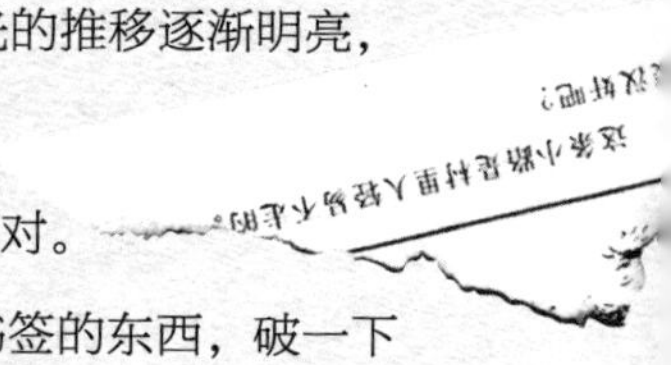

朱赢椿总觉得不对。

“加个腰封兼书签的东西，破一下这个氛围。”他随手拿了一张打印了字的纸，反过来，在背面用铅笔画起来。他先画了一组线条勾勒的人物，如连环画上的一般。摇摇头，重画了一组。像文字一样的小人，形态各异地在一条线

第二次为腰封画的插图

上跳舞。他用这两组画，做成了腰封上的两个书签。

我为那些小人儿而兴奋。既像蝌蚪文，又像汉画像石，放在陈旧的封面上，有一种奇特的节奏。这些跳着舞的小人儿，就像是从书里的那一个一个人的心里跑出来的。

2012 年 5 月 28 日

我们在随园书坊喝咖啡。古琴家成公亮先生来访，于是我们听他弹琴。

“成老师，请你写几个字行不行？”朱赢椿突然对他说。

这一瞬间，朱赢椿推翻了他 4 个多月来对封面、封二、封三、封底及腰封的全部设计。

从下午 1 点半到晚上 10 点多，朱赢椿几乎没有喝一口水，一口气做成了这本书今天这个模样。

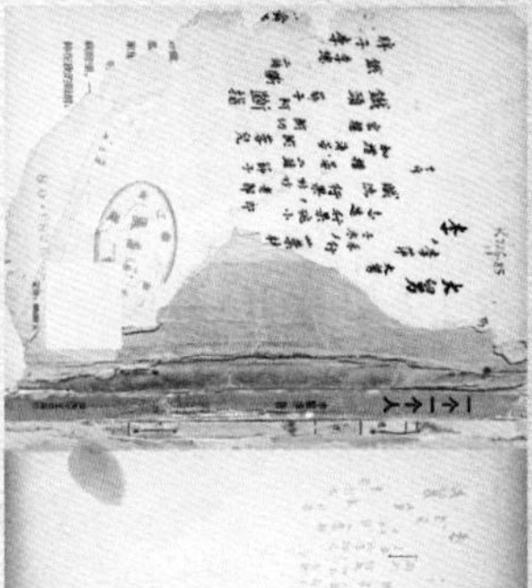

平装本封面封底展开图
封面上的文字是背面透过来的，
由成公亮先生书写。

注：本书精装本在内文中保留了平装本的设计概念。

这本书是2012年出版的，出版之后，我就去了法国。平装本很快就卖完了，后来出了精装本。许多读者朋友表示，还是很喜欢平装本。于是把内容修订了一下，去掉两篇我觉得不太合适的，加上两篇最新的。这样又多了一点时代气息。这本薄薄的书，对我有着非同一般的意义。从这本书开始，我确立了以写人为主的写作风格。这本书之后，我写了《匠人》，书里面是我的故乡申村里的18个不同手艺人的命运。这本书是对人更深入的一个探索。现在又在写《中国人的历史》。这是一套10本的系列书，是一个要花几年时间来做的大工程。但也是写人，以人来写历史。之所以敢啃这个骨头，也是因为有《一个一个人》和《匠人》这两本书的摸索。所以从这个意义上来说，《一个一个人》是我写作的第一个地基。之后的楼层，都要从这个地基上盖起。后来在写作的时候，我也几次会把这本书拿出来重读，发现里面有许多重要的东西现在已经很难捡回了。一个就是克制。另一个就是情感的真实与饱满。我要努力找回来。

离开家乡，离开中国，隔得远了，隔的时间长了，再回头看过去的岁月，有种不真实感，但是在孤独甚至身陷困境时，再回头看一看，过去的这些，又给我力量。所有的时光都不曾虚度。

感谢我的老朋友江苏凤凰美术出版社的王林军兄，在时隔5年之后，还愿意以极大的热情来重出这本书。当然，这次还是麻烦我们共同的朋友朱赢椿先生对这个版本做了新的加工。于是，一本新书，终于在他们的努力下，重又变成了一本旧书。他们认为这是符合我的气质的。

这本书，从前往后翻，纸张由黄变浅，时光慢慢逼近。如果把书抖一抖，也许会从里面落出许多小小的物件。这些，是时代夹层里的证物。证明时光曾经怎样从我们的心头流过，证明我们曾经怎样地存在。证明有这么一代人，曾经苦苦地挣扎，然后又慢慢消失在时光当中。

我们都是过客。

申赋渔

2017 年 5 月 25 日于巴黎